행복한
무소유

행복한 무소유

법정스님 무소유에서 깨달은 행복과 자유

정찬주 지음

정민
미디어

스승의 '무소유'를 명상한 마지막 산문

　꽃샘추위가 오시는 봄을 질투하고 있다. 뜬금없는 흰 눈이 나붓나붓 흩날린다. 문을 살포시 열어보니 청매 꽃잎이 오들오들 떠는 듯하다. 매화가 피기 시작하면 개구리들이 겨울잠에서 깨어나 개굴개굴 화답의 노래를 부를 텐데 꽃샘추위로 산중은 또다시 적막하다. 그러나 봄은 여기저기서 속살을 드러내어 들키고 있다. 산방 앞 개울물 소리도 돌돌돌 여물어졌다. 살얼음이 다 녹았다. 목련의 꽃눈들도 갓난아기 손톱만큼 부풀어 있다.

　이번에 펴내는 산문집 《행복한 무소유》는 법정스님 11주기 즈음에 발간돼 재가제자의 도리를 내 몫만큼 한 느낌이 들어 기쁘고 홀가분하다. 스님께서 입적하실 때 49재를 지내는 마음으로 사립문을 걸어 잠그고 《소설 무소유》를 집필하여 발간한 이래 산문집 《법정스님의 뒷모습》, 명상록 《법정스님 인생응원가》를 펴낸 적이 있다. 그러니까

《행복한 무소유》는 재가제자로서 스님께 마지막으로 헌정하는 산문집이 될 것 같다. 남은 내 인생은 소설가로서 소설에 전념할 생각이기 때문이다. 내 나이 일흔, 앞으로 소설만 집필한다고 해도 몇 권을 더 펴내겠는가. 나에게 주어진 삶의 시간이 그리 많지 않은 것이다.

　내 산방 이불재(耳佛齋)를 찾는 손님들은 차담을 나누면서 대부분 '무소유'가 무엇이냐고 묻곤 했다. 재가제자이니 답을 줄 것이라고 짐작했던 듯하다.《행복한 무소유》는 그 물음에 대한 내 나름의 답이 아닐까 싶다. 나는 한마디로 "무소유는 나눔이다."라고 답하곤 했다. 법정스님께서는 출판사로부터 받은 산문집의 평생 인세를 고달픈 학생들에게 모두 나누어주고 정작 당신의 통장 잔고는 늘 비어 있었기 때문이다. 그래서 나는《행복한 무소유》의 표지에 다음과 같은 잠언을 지어 넣기로 했다.

　　무소유가 지향하는 것은 나눔의 세상이다.
　　나눔은 자비와 사랑의 구체적인 표현이다.
　　자비와 사랑은 인간으로 돌아가는 길이다.

　이 책은 총 4부로 엮어져 있다. 신문 잡지에 발표한 글도 있고, 수년 동안 SNS에 띄운 글도 있다. 메모한 글들은 대부분 내 산방 이불재에서 무심코 명상한 글들이다. 메모한 모든 글을 망라한 것이 아니라 인생을 생각하게 하는 상념만 주관적으로 취사선택했다.

1부는 법정스님께서 무소유를 설하신 계기와 무소유를 나눔으로 승화시킨 이야기, 무소유 삶을 살다간 인물 이야기, 무소유의 철학적인 뿌리를 밝히는 산문 등 10편을 추려서 모았다.

2부는 소소한 무소유의 내 삶을 명상한 글들이다. 다만 일목요연하게 '자연', '성찰', '인연'의 순서로 정리했다. '자연'은 내 산방에서 자연을 스승 삼아 벗 삼아 살면서 깨달은 이야기이고, '성찰'은 산중에 있는 듯 없는 듯 사는 한미한 작가로서 인생을 성찰한 이야기다. 그리고 '인연'은 나와 인연이 깊은 사람들의 이야기와 내 산방을 찾아온 손님들 이야기다. 거기에 내 심혼(心魂)에 불을 당겨준 스승님의 이야기도 덧붙였다.

3부는 '법정스님의 사상과 진면목'이란 제목으로 월간 〈불교문화〉에 게재했던 논문 형식의 글을 전재했다. 이 글을 읽는다면 법정스님의 사상과 가풍을 어느 정도는 알 수 있지 않을까 싶다.

4부는 '법정스님 무소유 암자 순례'이다. 《무소유》 산문집을 펴낸 불일암, 스승인 효봉스님으로부터 무소유 정신을 익힌 쌍계사 탑전, 말년에 무소유 삶을 보다 철저하게 사신 강원도 오대산 쯔데기골의 수류산방을 소개했다. 사진과 함께 실은 것은 글을 보는 동안 눈으로라도 먼저 순례하기를 소망해서이다.

아무튼 이 책이 독자들에게 언제 선보일지 알 수 없었는데 정민미디어 여러분의 노고로 법정스님 11주기에 맞추어 어려운 출판 환경 속에서도 빛을 보게 되었으니, 공덕이 있다면 출판사 여러분에게 돌아가야 한다고 믿는다. 이 또한 나와 출판사 간에 시절인연이라고 생각한다. 또한, 빼어난 암자 사진과 귀한 저자 사진을 제공한 유동영 사진작가와 참신한 일러스트로 이 책을 격조 있게 해준 정윤경 일러스트레이터에게도 고마움을 표하고 싶다.

사립문 밖의 개울로 나가보니 겨우내 덮여 있던 살얼음이 다 녹고 없다. 저수지로 흘러드는 개울물이 명랑하게 봄노래를 부르고 있다. 이 책을 읽는 독자 여러분의 가정에도 봄날 햇살이 비치어 신산한 그림자가 걷히기를 두 손 모아 빈다. 우리 모두 코로나 바이러스가 사라진 거리를 예전과 같이 두 손을 휘휘 저으며 자유롭게 활보하기를 발원해본다. 걸림 없이 걷는 걸음걸이가 이토록 인간적이고 본질적이며 거룩한 동작인지를 깊이 깨닫는 요즘이다.

2021년 초봄, 이불재에서
정찬주

차례

성찰 _____

인연_____

3부 —

법정스님은 누구인가

법정스님의 사상과 진면목 213

스님은 수행자, 글은 방편 • 생명 중심 사상과 무소유 가르침

스님의 가풍은 법정선法頂禪

나도 없는데 하물며 내 것이 어디 있겠는가.
나도 공(空)하고 내 것도 공(空)하다는 도리를 알아야지.
그것을 말하기 위해 무소유란 말을 만들어 낸 것뿐이오.

_법정스님

1부

무소유는 나눔이다

소유는 진정한
행복이 아니다

내 차실 수반에는 부레옥잠이 겨울을 나고 있다. 원래 고향이 아니라서 향수병을 앓듯 잎 끝이 마르기도 했지만 잘 견뎌주고 있다. 겨울이 지나가면 마당에 있는 돌확으로 내보낼 생명이다. 차를 마시다가 부레옥잠을 보면 마음이 촉촉해진다. 춥고 삭막한 차실에 운치를 더한다. 법정스님은 강원도 산중 오두막에서 고구마를 키우며 파란 싹을 보시고 좋아하셨지만, 나는 보랏빛 꽃이 신비스러운 부레옥잠을 보살피고 있다. 아파트나 주식 같은 것에 마음을 쏟는 이른바 큰 부자들이 보면 소꿉장난 같아서 우스울 수도 있을 것이다. 보잘것없는 생명이니 방 안에 있어도 그만, 없어도 그만이니까.

물론 소유를 지향하는 삶이 전혀 값어치 없는 것은 아니다. 일시적 행복이나 만족을 줄 수는 있기 때문이다. 그러나 갈증이 날 때 바닷물을 마시면 더 마셔야 하듯 주식은 더 많이, 아파트는 더 큰 평수를 원하게 된다. 그런 감정을 '갈애(渴愛)'라고 한다. 갈애의 특성은 사람을 원하는 것에 계속 매달리게 한다. 정신적 여유를 빼앗아버린다.

그렇다. 욕망과 집착 때문에 괴로워진다면 소유는 진정한 행복이 아니다. 무소유를 지향했던 법정스님이 아기 주먹만 한 고구마에 따뜻한 마음을 쏟았던 것이 차라리 행복한 마음이다. 소소한 것에 따뜻한 마음을 주고받는 것도 행복의 조건이니까. 이를 '행복한 무소유'라고나 할까. 가진 것이 없다 하더라도 살아 있는 작은 생명에 사랑을 주고 교감한다면 그것도 오롯한 행복이다. 누가 탐내지도 않는다. 어디서든지 만날 수 있는 행복이다. 스님의 말씀이 아직도 귀에 쟁쟁하다.

"우리가 온 세상을 어떻게 하지는 못한다 하더라도, 우리 개인 능력이 적다고 하더라도 자기 집 안과 주변의 생활공간에서 자신의 따뜻한 마음을 살아 있는 작은 것에 쏟을 수는 있습니다. 그러면 더불어 내 마음도 따뜻함으로 채워집니다."

작년 봄의 일이다. 경기도 광주시 초월읍에 사시는 권용광 거사님께서 보리수 묘목을 보내주시어 화분에 심었다. 인도 부다가야에 있는 마하보디사의 보리수 씨앗을 구해 와 싹을 틔웠다고 하는데, 부처님께서 깨달음을 이뤘던 그 보리수의 현손(玄孫)이다. 열대성 식물이라 지난가을에 차실로 들였다. 기온이 10도 이하로 떨어지면 말라 죽기 때문이다. 지금 차실에서 잘 자라고 있다. 지난가을보다 가지들이 두세 뼘 자랐고, 묵은 잎이 진 자리에 연둣빛 새잎이 돋아나 하트 모양을 하고 있다. 보리수에 마음을 줄 때는 한없이 충만해진다. 녀석은 다른 나무와 달리 24시간 산소를 내뿜는다고 한다. 이제는 내 차실에서 공기청정기 역할까지 해주고 있다. 주의를 기울이고 마음을 주니 메아리가 있다. 나의 보살핌에 대한 응답인 셈이다. 아무리 가진 것이 없다고 하더라도 사소한 생명에 주의를 기울이고 마음을 줄 데가 있다면 그 사람은 이미 행복한 사람이다.

소소한 것에 따뜻한 마음을 주고받는 것도,
살아 있는 작은 생명에 사랑을 주고 교감하는 것도 오롯한 행복이다.
이를 '행복한 무소유'라고나 할까.

'나라고 고집하는 나'를
무소유하라

　달라이 라마께서 유럽을 방문했을 때 서양 신부가 자비가 무엇이냐고 묻자 '친절'이라고 답변하신 적이 있다. 서양 사람들이 이해하기 쉬운 용어로 설명하기 위해 그렇게 답변하시지 않았을까 싶다. 실용주의에 길들여진 서양 사람들은 자신에게 이익이 되는 친절 같은 단어를 쉽게 이해하고 받아들였을 것이다.

　그러나 자비의 의미는 친절이란 뜻보다도 훨씬 깊고 넓을 터다. 차라리 친절에 가까운 말은 하심(下心)이지 않을까. 하심이란 나를 상대보다 낮게 내려놓는다는 겸손의 의미가 있다. '나라고 고집하는 나[我相]'를 버리고 상대에게 마음의 문을 연다는 뜻도 된다. 이런 마음과 태도 속에서 참된 친절이 우러나올 수 있다. 나를 비우는 마음자리에 자비도, 친절도, 하심도, 배려도 샘물처럼 솟구치리라.

　법정스님도 "자비의 구체적인 표현이 친절이다."라고 말씀하신 적이 있다. 덧붙여 이렇게 말씀하시기도 했다. '사랑하다'는 매우 아름다운 말이다. '사랑하다' 다음으로 세상에서 가장 아름다운 동사는 이웃과 남을 '돕다'이다. 자신에 대한 염려에 앞서 남을 염려하는 쪽으로 마음을 돌릴 때, 인간은 비로소 성숙해진다. 자기밖에 모른다면 아직 진정한 인간이 아니다.

나를 비우는 것도 아상을 버리는 무소유라고 생각한다. '나라고 고집하는 나'를 무소유하자는 것도 틀린 말이 아니다. 나에 대한 집착을 떠나자는 것이니 정신적으로 행복한 무소유의 길이 아닐까 싶다. 법정스님께서도 물질적 무소유만 말씀하시지는 않았음은 모두가 아는 사실이다. '나도 공(空)한데 하물며 내 것이 어디 있겠는가?'라고 무소유를 말씀하셨음이다. '나도 없다(空)'는 것은 정신적 무소유를 말씀하신 것이고, '내 것이 어디 있겠는가'는 물질적 무소유를 말씀하신 것이다.

스님은 농담 삼아 가장 나쁜 절은 '불친절'이라고 말씀하신 적이 있다. 어느 절에 취재를 갔을 때다. 젊은 스님에게 절의 역사에 대해서 이런저런 질문을 하다가 실망한 기억이 있다. 젊은 스님이 마지못해 몇 마디 대답하고 나서는 불교는 불립문자(不立文字)인데 무얼 그리 묻느냐고 퉁명스럽게 정색했던 것이다. 나는 덜 익은 듯한 그 스님의 불친절에 할 말을 잃고 말았다. 선가(禪家)에서 불립문자를 말하는 본질은 문자를 부정하는 것이 아니기에 그랬다. 문자에 집착해서 실질적인 정진을 소홀히 하지 말라는 참뜻을 곡해하고 있으니 참으로 딱

하지 않을 수 없었다. 설령 천신만고 끝에 깨달음을 이뤘다고 하더라도 자신의 몸에서 향기가 날 때까지 부단히 정진해야만 올바르고 깨어 있는 수행자라고 우러를 것이기 때문이었다. 예를 든 젊은 스님뿐만이 아니다.

우리 모두 친절해야 한다. 코로나 바이러스 시대가 우리에게 던진 화두는 친절과 하심, 자비와 배려 등으로 지구촌이 연대하라는 경고이다. 코로나 바이러스로 우리 모두 쉽게 종식되지 않는 비극을 맞이하고 있지만 얻은 것이 있다면 바로 그것이다.

나를 비우는 것도 아상을 버리는 무소유라고 생각한다.
'나라고 고집하는 나'를 무소유하자는 것도 틀린 말이 아니다.
나에 대한 집착을 떠나자는 것이니
정신적으로 행복한 무소유의 길이 아닐까.

누구나 무소유로
끝나는 인생

코로나 바이러스 사태가 나기 전이다. 메모를 보니, 나는 지지난해 10월 12일 인도에서 돌아왔다. 인도는 30도 이상의 날씨인데 국내는 벼 수확이 끝나가고 가을 산의 그림자가 짙어지고 있었다. 붉고 노랗게 단풍들어가는 산자락은 가을 햇살이 스며들어 시나브로 그윽하게 적막해지고 있었다. 내가 사는 산중의 가을 햇살과 쿠시나가라 들판의 아침 햇살은 곧 스러질 것 같은 가련한 느낌이 들어 마치 이복형제 같았다.

나는 부처님께서 진리에 의지하고 자신에게 의지해 정진하라고 유언하신 쿠시나가라에서 하룻밤을 묵었다. 바이샬리에 계시던 부처님이 쿠시나가라로 가서 열반하신 까닭은 그곳이 전생의 고향이었기 때문이라고 나름대로 짐작도 해보았다. 부처님도 귀소본능이 있으시지 않았을까 싶었다. 나는 석양 무렵에 도착해서 한 번, 하룻밤 묵은 뒤 안개 짙은 아침에 또 한 번, 두 번이나 열반당에 앉아서 좌선했다.

지금도 부처님의 삶과 죽음이 스크린처럼 펼쳐지던 그 상념의 순간이 참으로 곡진하고 행복했던 것 같다. 부처님 8대 성지 중에서 첫 번째를 꼽으라고 한다면 누구라도 단연 열반지 쿠시나가라와 탄생지 룸비니가 아닐까 싶다. 쉽게 물러서지 않는 고집스러운 그곳의 짙은 안개도 어느새 그리워진다. 부처님이 보았던 2,500여 년 전의 안개나 내가 본 안개는 몇천 년을 하루같이 여여(如如)하게 자기 자리에 머물고 있다.

10여 년 전의 일이다. 아버지께서 운명하시던 새벽에 나는 아버지의 팔다리를 주물러드렸는데 15분쯤 뒤 아버지는 아주 편안하게 먼 길을 떠나셨다. 그 순간 나는 아버지께서 극락으로 가셨다는 것을 직감했다. 장남인 나는 바로 형제와 친척들에게 알리고 아버지를 장례식장으로 모시었다. 장례식장 직원이 염을 하고 수의를 입히는데, 유독 수의가 눈에 들어왔다. 수의에는 살아 있는 사람의 옷과 달리 주머니가 없었다. 공수래공수거(空手來空手去), 빈손으로 왔다가 빈손으로 간다는 금언이 실감났다. 누구나 예외 없이 무소유로 시작해 무소유로 생을 마감하는 것이다. 우리는 소유가 파도치는 바다에서 살았거나 살고 있거나 살아갈 실존임이 분명했다. 그래서 부처님은 인생을 고해(苦海)라고 설하셨을 터였다.

아버지 49재는 내가 사는 산중의 절 쌍봉사에서 지냈다. 그런데 나는 7재 중에서 2재를 마친 뒤 나머지 재를 동생에게 맡기고 홀연히 내 산방을 떠났다. 부처님이 열반하신 쿠시나가라로 향했다. 아버지께서 극락왕생하셨을 것 같은 확신이 들어서였다. 나머지 재를 지낸다는 것은 무의미하고 형식적이라는 느낌이 나를 인도로 떠밀었다.

나는 부처님 열반상을 참배했다. 부처님 열반상 앞에서 무릎을 꿇고 합장한 채 상념에 잠겼다. 그때 내 나름의 깨달음이라고 해도 좋았다.

"미소 짓는 저 자비로운 얼굴과 두 발이 가지런한 맨발에 부처님의 팔십 평생이 다 담겨 있구나!"

열반상의 부처님은 엷은 가사 한 장만 덮고 있었다. 중생을 연민하는 듯한 얼굴은 한없이 자애롭고, 도톰한 맨발은 천둥벼락 치듯 무설설(無說說)의 깊이를 알 수 없는 침묵으로 법문하시는 것 같았다.

법정스님 다비식 때 가장 인상적이었던 장면은 스님의 법체를 운구하는 모습이었다. 상여 없이 대나무 들것 위에 스님의 법체는 달랑 가사 한 장 덮여 있었다. 송광사에 구름처럼 몰려든 사람들은 너무도 초라하게 보내드리는 것 같아 눈물을 흘렸다. 그러나 그것은 스님의 유언이었다. 다비 후 사리도 수습하지 못하게 했다. 무소유를 지향한 삶에 흔적을 남겨 허물을 얹지 말라는 뜻이었다. 나 역시 무소유로 아름답게 사신 스님의 삶에 티끌을 얹어서는 안 된다는 생각을 했다. 무소유는 순백의 눈처럼 아름답고 거룩한 것이니까. 그래서 나는 스승인 법정스님 일대기《소설 무소유》표지에 '삶과 죽음마저 무소유

공수래공수거, 누구나 예외 없이
무소유로 시작해 무소유로 생을 마감하는 것이다.

하다.'라는 문구를 넣도록 편집자에게 부탁했다.

샘터사 직장 선배였던 정호승 시인은 스님이 남긴 말씀과 글이 스님의 사리라고 말한다. "스님의 말씀은 지금도 내 가슴에 남아 있다."는 정호승 시인의 영혼을 적신 법정스님의 글에 눈을 주어보자.

'내일은 없다. 지금 이 순간을 열심히 살아라.'
'지금이 바로 그때다.'
'오지 않는 미래를 오늘에 가불해 와서 걱정하는 사람만큼 어리석은 사람은 없다.'

법정스님은 우리 시대의 영원한 영혼의 스승이다. 흔히 오늘 우리 시대를 '스승이 없는 시대'라고 하지만 그것은 아니다. 스님의 법체는 들것에 실려 다비의 불꽃으로 타올라 한줌 재와 흙이 되었지만 스님이 하신 영혼의 말씀만은 그대로 이 혼탁한 시대에 스승의 말씀으로 살아 현존하고 있다. 스님의 귀한 말씀 한마디 한마디가 바로 스님의 사리이며 영혼의 보석이 아닐 수 없다.

정호승 선배는 천주교 신자다. 그러나 누구보다도 불교를 좋아하는 시인이다. 성철스님이 입적했을 때 다비장을 찾아가 밤을 새우고, 법정스님을 존경하여 스님의 책을 사숙하는 분이다. 내 산문집《암자로 가는 길》에도 관심이 많아 책 속의 구절을 참고하여 시로 써도 되냐고 물어와 흔쾌히 동의한 적이 있다. 오히려 내가 고마웠다.

소유보다 거룩한
무소유

사람의 진실한 말에서 아름다움을 느낀 적이 있다. 사람이 인간적이 되었을 때, 말도 더불어 인간적이 된다는 사실을 깨달았다. 길상사가 개원하는 날이었다. 조계종 총무원장 스님이 오시고, 덕 높은 여러 스님들이 오셨다. 극락전 앞에 단이 마련되었고, 단 양옆으로 자칭 타칭 내외 귀빈들이 앉았다. 나는 마당에 놓인 플라스틱 의자에 앉지 않고 극락전 마당 끝에서 까치발을 한 채 단상을 주시했다. 내가 의자에 앉으면 누군가가 서 있을 것 같아서였다. 총무원장 스님은 불교가 한반도에 전래된 과정을 길게 이야기한 뒤 길상사의 개원을 격려하는 축사를 웅변조로 말했다. 한두 분의 축사가 더 이어지자 사람들이 좀 지루해했다. 그때 고급요정 대원각을 아무 조건 없이 시주하여 길상사를 개원케 한 김영한 여사가 단에 올랐다. 여사는 스님의《무소유》를 읽고 감동하여 애독자가 된 분이었다.

한복을 소박하게 차려입은 여사의 체구는 작았다. 여사의 입에서 무슨 말이 나올까 하고 귀를 기울였다. 여사의 목소리는 크지 않았다. 대중 앞에서 말하는 것이 서투른 듯했다. 어쩌면 부끄러워서 그런 듯도 했다. 그러나 내 귀에는 여사의 목소리가 크게 들렸다. 불교를 모른다고 고백하는 말이 아름답게 들렸다. 전율이 등을 타고 흘렀다.

"저는 배운 것이 많지 않고 죄가 많아서 아무 드릴 말씀이 없습니다. 불교에 대해서는 더더구나 아무것도 모릅니다. 하지만 말년에 귀한 인연으로 제가 일군 이 터에 절이 들어서고 마음속에 부처를 모시게 되어 한없이 기쁩니다. 제 소원은 여인들이 옷을 갈아입었던 저 팔각정에 종을 달아 힘껏 쳐보는 것입니다."

여사의 말은 단 네 마디였다. '나는 죄가 많다. 나는 불교를 모른다. 나는 부처를 모시게 돼 기쁘다. 나는 힘껏 종을 치고 싶다.' 경내를 가득 메운 수천 명의 가슴을 적셨던 여사의 겸손한 자기고백과 간절한 소망이었다. 그때 법정스님께서는 여사의 목에 염주를 걸어주었다. 그리고 '길상화'란 법명을 내리셨다. 스님이 여사에게 보답한 것은 그뿐이었다. 길상사가 개원한 뒤, 어느 날 일간지 한 기자가 여사에게 "1천억 원대의 재산을 기부한 것이 아깝지 않습니까?"라고 묻자 그녀는 "재산은 그 사람 백석(白石)의 시 한 줄만도 못합니다."라고 대답했다.

자신의 전 재산을 기부하고 무소유로 돌아간 여사다운 말이 아닐 수 없다. 여사는 그 말을 하는 동안 첫사랑 백석을 떠올리며 행복해했다. 비로소 여사의 가슴속에서 백석의 시가 반짝반짝 빛나기 시작했다. 대원각이란 소유를 비우자 사금처럼 가슴에 박혀 있던 백석의 시가 무소유의 발광체인 양 드러났던 것이다. 무소유란 행복으로 가는 징검다리임이 분명했다. 개원법회 날부터 2년 뒤, 여사는 길상사를 찾아와 "나 죽으면 화장해서 눈 내리는 날 경내에 뿌려주세요."라고 유언하고는 다음 날 눈을 감았다며 당시 주지였던 청학스님이 내게 얘기한 적이 있는데 지금도 생생하다.

청학스님은 여사의 소원대로 팔각정에 종을 달아 범종각으로 만들었고, 눈이 내린 날 여사의 유언대로 뼛가루를 경내 뜰에 뿌려주었다고 덧붙였다. 시인 백석의 연인이었던 여사는 일제강점기 때 여창 가곡과 궁중무 등 가무의 명인으로 이름을 떨쳤다고 한다. 그래서 죄가 많다고 했을까. 그래서 종을 달아 힘껏 쳐보고 싶다고 했을까. 길상화 보살이야말로 한 번 주어진 인생을 무소유의 행복을 얻음으로써 참으로 자기답게 살고 자기답게 죽은 분이 아닐까 싶다.

사람의 진실한 말에서 아름다움을 느낀 적이 있다.
사람이 인간적이 되었을 때,
말도 더불어 인간적이 된다는 사실을 깨달았다.

무소유는
영혼의 해방구

법정스님이 입적하시고 난 뒤 나는 나름대로 근신하는 기간을 보냈다. 스님을 생각할 때마다 허허롭기 그지없었다. 좀 더 자주 찾아뵙지 못한 자책 때문이었다. 편지라도 자주 할걸 후회도 들었다. 스님의 숨결이 묻은 흔적들을 살펴보니 꽤 됐다. 인도나 미국에 가시어 보낸 엽서, 간디기념관에서 사 오신 세 마리 원숭이상(像), 강원도 오두막에 사시면서 '천식 때문에 걱정을 끼쳐 죄송합니다.'라는 내용의 편지까지.

가장 애틋한 물건은 스님께서 겨울내의를 보내주셔서 돌아가신 아버지께 드린 일이다. 아마도 스님께서는 내의를 여러 벌 선물 받아 불필요한 것들을 정리하셨을 것이다. 스님은 무엇이든 하나만 소유하셨다. "차를 즐겨 마시기 때문인지 다기를 좋아하지요. 그런데 누가 선물해서 다기 세트가 두 벌이 됐어요. 두 벌이 되다 보니 한 벌을 가지고 있을 때보다 살뜰함과 고마움이 사라져요. 그래서 선물한 이에게는 미안한 일이지만 다기 세트 한 벌을 다른 이에게 주어버렸지요." 생존을 위해 최소한의 것만 소유함으로써 무엇에 얽매이지 않고 홀가분해지자는 것이 '무소유'의 요지였다. 그런데 스님이 입적하시고 나자, 스님의 산문집《무소유》가 경매에 나와 놀랄 만한 액수로 거래됐다. 창원에 사는 사촌동생도 그 책을 구할 수 없겠느냐고 내게 전화를 했다.

내가 법정스님 제자이니《무소유》책을 몇 권쯤 보관하고 있는 줄 알았던 모양이다. 그러나 나에게는 한 권도 없었다. 그 책은 내 직장 샘터사에서 출간한《영혼의 모음》이란 책에서 가려 뽑아 편집한 것이었다. 나에게는《영혼의 모음》이 있기 때문에 굳이《무소유》를 가지고 있을 필요가 없었던 것이다.《무소유》를 갖고자 하는 소유의 광풍은 이제 잦아진 듯하다.

돌이켜 생각해보니 씁쓸하다. 집착하지 말라는 가르침이 담긴《무소유》가 소유의 대상이 되었으니까. 사람들은 왜《무소유》를 소유하고 싶어 안달했던 것일까. 가지고 싶어 하는 것과 읽고 싶어 하는 것은 차원이 다르다. 그러한 심리상태는 무엇일까. 스님은 현대인들의 소유 지향적인 마음이《무소유》에서 위안을 받았을 것이라고 말씀하신 적이 있다.

"현대로 올수록 사람들은 '소유'를 강요하는 정신적 고통에서 벗어나고픈 열망을 갖게 되는 것 같아요. 내가《무소유》란 책을 낼 때는

'무소유'란 개념이 없었지요. 또 '무소유'를 정신적인 가치로 알아주지도 않았어요. 책 제목을 지을 때 출판사 사장이 난색을 표했는데 내가 우겨서 정한 제목이에요."

그렇게 나온 《무소유》는 전국 서점을 강타했다. 초유의 베스트셀러가 됐다. 이 책이 소유의 감옥에 갇힌 현대인들에게 영혼의 해방구가 되어 주었던 것이다. 스님은 이때부터 '베푼다'는 말보다는 '나눈다'라는 말을 즐겨 쓰셨다. 베푼다는 것은 소유하고 있는 것을 주는 행위이고, 나눈다는 것은 잠시 맡아 지닌 것을 되돌려주는 행위라고 말씀하셨다.

같은 말 같지만 가만히 들여다보면 다르다. 베풂은 상하관계이고, 나눔은 수평관계이다. 그리고 돌려준다는 것은 상하나 수평이 아닌 인연을 따르는 행위다. 상하 수평을 뛰어넘는 우주적 관계라고나 할까.

베풂은 상하관계이고, 나눔은 수평관계이다.
그리고 돌려준다는 것은 상하나 수평이 아닌 인연을 따르는 행위다.
상하 수평을 뛰어넘는 우주적 관계라고나 할까.

무소유는
나눔이다

법정스님은 일찍부터 당신 방식대로 '나눔'을 아무도 모르게 하셨다. 그게 스님이 원했던 흔적 없는 나눔이었다. 나눔이 없는 무소유는 허망한 주장에 불과한 것인지 모른다. 불필요한 소유를 경계하면서 나눔의 삶을 이루라는 것이 법정스님의 무소유가 아니었을까.

내가 샘터사에 다닐 때 스님 산문집의 판매수익은 샘터사 전체수익의 3분의 1정도나 되었다. 그러니 스님 산문집 판매수익으로 샘터사 직원들이 월급을 받는다고 해도 과장이 아니었다. 스님께도 적잖은 인세를 보내드리곤 했다. 그때 나는 스님께서 어디에 인세를 쓰시는지 관심도 없었다. 스님 원고가 들어오면 편집담당자로서 교정을 보고 송광사 불일암을 오르내리며 편집하느라고 몹시 긴장하고 집중했기 때문이었다.

이후 출판 관계로 스님을 뵌 지 10여 년이 흐른 뒤였다. 그러니까

1993년 봄에야 스님께서 인세 수입을 어려운 고학생들에게 나누어 주고 계신다는 사실을 알았다. 스님은 강원도 오두막에 머물면서 '맑고 향기롭게' 모임을 준비하기 위해 창경궁 앞에 작은 사무실을 전세로 얻었는데, 그해 소득세가 너무 많이 나와 세무서에 문의했더니 그동안 지급했던 장학금(?) 영수증을 가져오라고 한다며 난감해하셨다. 정부에서 금융실명제를 실시하지 않았더라면 세상에 알려지지 않았을 일이었다. 물론 스님의 학비를 받아 외국유학을 가고, 대학을 졸업한 학생들이 스님께서 입적하신 뒤까지 끝내 함구했을 리는 없었겠지만 말이다.

그때 스님께서 직접 해주신 얘기다. 불일암 시절이니 1975년의 일이다. 인세 수입이 생긴 스님께서 맨 먼저 남모르게 한 나눔은 고학생들에게 학비를 대납하는 일이었다.

한번은 스님께서 불일암 여신도가 운영하는 '베토벤음악감상실'에 간 적이 있었다. 광주 사람들이 즐겨 찾는 대여섯 평 규모의 조그만 음악감상실로 나도 몇 번 가본 적이 있는 클래식 전문 음악감상실이었다. 스님은 그곳에서 한 학생의 딱한 처지를 듣고 불일암으로 돌아온 뒤 음악감상실 여사장 신도에게 학생의 납부금 고지서를 그곳에 놓고 가라고 일렀다. 그때부터 스님은 학생 몇 명을 추천받아 공부를 계속할 수 있게 해주었다. 학비를 대는 조건은 절대로 외부에 알리지 말라는 것뿐이었다. 스님은 학생의 얼굴도 가능한 한 마주치지 않으려고 계좌번호로 송금하거나 미리 약속한 장소에 놓고 왔다. 학생의

'나눔'이 없는 무소유는 허망한 주장에 불과한 것인지 모른다.
불필요한 소유를 경계하면서 나눔의 삶을 이루라는 것이
법정스님의 무소유가 아니었을까.

자존심을 상하지 않게 하려고 그러셨다.

　스님이 고학생에게 학비를 대준 배경은 아마도 당신 학창시절의 고단했던 생활에서 연유하지 않았나 싶다. 당신이 출가 이전에 학비를 내지 못해 겪었던 그 고통이 얼마나 큰지를 잘 아셨던 것이다. 나는 법정스님께 고백 같은 추억이랄까, 당신의 소년 시절 얘기를 많이 들었던 편이다. 스님께서는 불일암 아래채 대나무평상에서 당신의 소년 시절 얘기를 언뜻언뜻 해주셨다. 스님의 수필에 단 한 번도 나오지 않는 얘기들이 대부분이었다.

　해남 우수영보통학교를 졸업한 스님께서는 중학교 때부터 목포로 유학을 갔다. 스님께서 네 살 때 아버지가 폐병으로 돌아가셨기 때문에 작은아버지가 학비를 대주었다. 그러나 어느 해인가는 작은아버지가 학비를 제때 보내주지 못한 일도 있었다. 우수영 선창에서 배표를 끊는 직업을 가졌던 작은아버지도 친자식들을 어렵게 가르치는 곤궁한 형편이었다. 납부금 기한을 넘겼는데도 학비가 올라오지 않았다. 그래서 스님은 부랴부랴 우수영으로 내려갔지만 작은아버지는 이런저런 이유를 대며 난감해했다.

　스님이 울면서 목포로 올라가려 하자, 다행히 작은아버지 빵가게에서 잡무를 보던 사람이 돈을 마련해주어 위기를 넘겼다. 고등학교 때는 인쇄소에서 아르바이트를 하며 생활비를 보태기도 했다. 학비와 생활비는 대학교를 중퇴할 때까지 내내 스님을 괴롭혔다.

　그러고 보면 스님은 자신의 고통스러웠던 경험을 오히려 '나눔'으로 승화시키며 철저하게 무소유의 삶을 사셨다. 스님의 통장 잔고는 늘 강진의 다산 유배지나, 추사 유배지가 있는 제주도 가는 여행 경비 정도였다. 입적하기 전에 제자들의 강권으로 병원에 입원하셨을 때는 정작 밀린 병원비를 내지 못할 정도로 궁했다. 평생의 인세 수입을 학비가 없어 고통받는 고학생들에게 다 나누어주었기 때문이다.

버림으로써
무소유 실천하기

　서울의 한 병원에서 건강검진을 받고 산방으로 돌아가는 중이다. 6개월 후에는 CT촬영까지 하자고 의사가 권유한다. 내 인생도 계절로 치자면 이미 가을에 들어섰다. 문득 아는 것이 모르는 것이라는 생각이 든다. 안다는 것은 그것 밖의 것은 모르기 때문이다. 지식인들의 오만을 느낄 때마다 그런 생각을 지울 수가 없다. 물론 나도 예외는 아니다.

　추수가 끝난 김제평야 너머로 지는 해를 바라보니 지식인의 허상(虛像)이 열차의 차창에 어린다. 바로 나의 초상이다. 세상을 영원히 밝힐 것 같은 저 석양도 시나브로 빛을 잃어가고 있다. 눈을 찌르는 지식의 화려한 빛살보다 있는 듯 없는 듯한 지혜의 자애로운 달빛에 마음이 더 간다. 오늘은 초삼일. 가락지 같은 초승달이 잠깐 떴다가 검푸른 어둠 속으로 실종하듯 사라지겠구나. 하루살이처럼 짧은 초승달의 생(生)이다. 산방으로 돌아가는 내내 나는 지식인인지, 지성인인지, 작가인지 되묻고 있다.

문단 말석의 한미한 작가인 내가 사람들에게 나누어줄 선물은 책이 최고인 듯하다. 그 밖에 또 하나의 일이 더 있다면 찾아오는 손님들에게 차를 우려주고 그들의 얘기를 들어주는 것이다. 그렇다. 선물하는 신간뿐만 아니라 어느 시기가 되면 서재에 꽂힌 오래된 책까지 필요한 사람들에게 나눠주어야겠다. 서가에 먼지 쌓인 책은 종이 무더기일 뿐이다. 책은 되도록 여러 사람이 읽어야 한다. 마음의 양식(糧食)을 쌓아두는 것은 어리석은 일이다. 언젠가 저 책들을 면소재지 중학교로 기증하는 방법도 있을 터다.

법정스님은 절대로 베푼다는 표현을 쓰지 않았는데, 그 이유는 본래 '내 것'이란 없다는 통찰에서였다. 베푼다는 것은 내 소유물을 누군가에게 주는 행위라고 말씀하셨다. 대신, 스님은 나눈다는 말씀을 자주 했다. 나눈다는 것은 내가 잠시 맡아 지닌 것을 누군가에게 돌려준다는 행위이기 때문이었다. 다른 내 글에서 여러 번 밝혔지만 스님은 공(空)이란 철학적 입장에서 '내'가 없는데 하물며 '내 것'이 어디 있겠느냐고 '무소유관'을 말씀하셨다.

스님은 유별나게 집착하는 것은 없었지만 그래도 글로 남긴 완상용 식물은 더러 있었다. 30대 중반쯤 봉은사 시절에는 난초를 키웠고, 40대 불일암 시절에는 후박나무와 파초, 매화나무를 뜰에 심었다. 또, 스님이 말년을 보낸 강원도 수류산방 시절에는 자작나무를 좋아해서 자작나무 묘목을 산방 초입에 식목했다. 수류산방 가는 길목에 껍질이 희끗희끗한 나무들이 자작나무였다. 그런데 이 자작나무가 스님의 천식을 악화시켰다고 하니 참으로 한스럽다. 천식이 깊어진 스님께서 삼성병원에 입원해서야 의사들이 밝혀낸 사실인데, 스님에게는 자작나무 알레르기가 있었던 것이다. 그런데도 스님은 자작나무를 원망한 적이 없었다. 오히려 지인들에게 당신의 건강을 챙기지 못해 미안하다는 편지를 보낼 뿐이었다.

수필《무소유》는 스님이 39세 때 쓰신 글이다. 강한 햇볕에 내놓았던 난초가 시들시들해 있자 잘 보살피지 못한 자신을 자책하며 더 나아가 집착이 괴로움이라는 것을 깨닫는다는 내용인데, 결국 스님은 난초에 대한 집착에서 벗어나겠다고 결심한다. 난초를 친구에게 주어버린 것이다. 잠시 스님의 수필《무소유》의 한 부분을 읽어보지 않을 수 없다.

'며칠 후, 난초처럼 말이 없는 친구가 놀러 왔기에 선뜻 그의 품에 분을 안겨주었다. 비로소 나는 얽매임에서 벗어난 것이다. 날듯 홀가분한 해방감. 3년 가까이 함께 지낸 유정(有情)을 떠나보냈는데도 서운하고 허전함보다는 홀가분한 마음이 앞섰다. 이때부터 나는 하루한 가지씩 버려야겠다고 스스로 다짐을 했다. 난초를 통해서 무소유의 의미를 터득했다고나 할까.'

이후 스님은 군더더기를 버리면서 무소유를 실천했다. 스님은 어디를 가건 무집착의 마음으로 일관되게 사셨다. 불필요한 것은 버리

스님은 군더더기를 버리면서 무소유를 실천했다.
스님은 어디를 가건 무집착의 마음으로 일관되게 사셨다.
불필요한 것은 버리고 또 버렸다.
강원도 오두막에서는 책을 읽는 경상 한 개와 등잔 한 개로 만족했다.

고 또 버렸다. 강원도 오두막에서는 책을 읽는 경상 한 개와 등잔 한 개로 만족했다. 등잔불을 켜면서 전기의 고마움을 느꼈다. 산촌 농부들이 버린 배추 이삭을 주워와 국을 끓여 드셨다. 스님이 말씀한 무소유는 소유를 부정하는 것이 아니라 군더더기를 버리는 삶이었다. 굳이 불필요한 것까지 소유하지 않는 욕심을 비우는 삶이었다. 스님께서 내게 하신 말씀이다.

"나는 원고를 쓰다 보니 만년필을 좋아해요. 누가 선물해 두 개를 갖게 된 적이 있어요. 그러다 보니 한 개를 사용하던 때의 살뜰함이 사라져요. 만년필 하나를 가지고 글을 쓰지 두 개를 가지고 쓰지는 않잖아요. 그래서 선물한 사람에게 미안한 일이었지만 만년필 한 개를 다른 사람에게 주어버렸어요. 그러고 나니 만년필에 대한 고마움이 다시 들어요. 무소유란 그런 겁니다. 군더더기를 갖지 않아야 살뜰함도 생기고 고마움도 더합니다."

그러고 보니 나는 스님께 송구한 일을 두 번이나 했다. 한번은 월급을 털어 인사동에서 신라시대 토기항아리 한 점을 구입해 불일암으로 가져간 일이다. 위채 스님 책상 위에 올려놓으면 고색창연하게 운치를 더할 것 같았다. 그러나 스님께서 받기는 했지만 마땅찮아 하셨다.

"이런 물건은 박물관이나 제자리인 무덤에 있어야 해요. 언젠가 인사동에 나가 찻집에 들렀더니 문짝이 벽에 걸려 있는데 제자리가 아니란 생각이 들었어요. 이러다가 조선시대 요강이 천장에 붙는 날이

올지도 모르겠어요."

　결국 토기항아리는 스님의 버리기에 포함돼 어디론가 사라졌다. 아마도 고고학자라든지 누군가 필요한 사람에게 주셨을 터다. 또 한 번은 인사동에서 방짜유기 장인이 망치로 두들겨 만든 풍경을 사다가 드렸다. 불일암 위채 풍경이 조그만 바람에도 소리를 내어 신경이 쓰인다는 스님의 글을 보고 나서였다. 그런데 방짜풍경은 웬만한 바람에는 미동도 하지 않아 스님은 '태풍의 대변인'이라고 명명하고는 아래채로 내려 보내버렸다. 다행히 방짜풍경은 불일암에서 유배(?)를 면한 셈인데, 지금도 아래채 처마 끝에 물고기판은 사라진 채 매달려 있다.

무소유로
행복을 얻은 암바팔리

자신의 전 재산을 기부하고 행복을 누린 여인이 있다. 부처님이 살았던 당시의 여인 암바팔리는 자신의 거대한 망고동산을 부처님에게 보시한 뒤 출가해 제행무상(諸行無常)의 깨달음을 사무치게 얻었다. 마치 법정스님에게 1천억 원대의 재산을 기부한 김영한 여사를 연상시킨다. 암바팔리가 춤과 노래에 뛰어났다는데 김영한 여사도 여창 가곡과 궁중무의 명인이었다고 한다.

암바팔리는 웨샬리에서 살았다. 상업도시 웨샬리 릿차비족 사람들은 장사와 무역으로 축재하여 풍족하게 생활했다. 정치도 요즘의 민주주의와 흡사했다. 한 사람의 왕이 다스리는 다른 도시와 달리 공화제에 가까운 합의제를 채택하여 자유를 구가했다. 부처님도 이런 웨샬리를 사랑하여 자주 들렀고, 열반 3개월 전에도 머물렀다. 웨샬리에 있는 아쇼카석주는 현재 남아 있는 것들 중에 가장 완벽한데, 석주 상단에 조각한 사자는 부처님 열반지인 쿠시나가라를 향하고 있어 상징하는 바가 크다.

암바팔리의 부모는 알려져 있지 않다. 그녀가 갓난아기 때 망고동산에 버려졌기 때문이었다. 갓난아기를 발견한 과수원지기가 그녀를 키웠다. 암바팔리라는 말은 '망고동산 과수원지기 딸'이라는 뜻이라고 한다. 암바팔리의 미모는 성장할수록 도드라졌다. 처녀가 되었을 때는 무역을 하는 먼 나라의 부자들이 그녀에게 결혼을 청했다. 구혼 경쟁이 심해지자 서로 다투는 사건까지 생겼다. 결국 암바팔리는 다 거절하고 유녀로 살기로 했다. 유녀란 거래를 성사시키는, 요즘말로 막후에서 합의를 이끌어내는 여성 로비스트였다. 암바팔리는 가무에 빼어나 부호들을 모이게 하여 웨샬리 무역을 활발하게 하는 데 최고의 업적을 올렸다. 그녀는 얼마 안 가서 큰 부자가 되어 웨샬리에서 가장 큰 망고동산을 사들였다. 자신이 갓난아기 때 버려졌던 그 망고동산이었다.

그 무렵 부처님이 웨샬리에서 가까운 작은 마을 꼬띠가마에 왔다. 암바팔리는 꼬띠가마로 마차를 타고 가서 부처님을 친견했다. 미모로 자신만만했던 그녀는 부처님의 설법을 들었다. 그런데 부처님의 설법은 미모란 영원한 것이 아니라 늙으면 사라진다는 무상(無常) 법문이 아니었을까 싶다. 그녀가 출가하여 남긴 게송(불덕을 찬미하고 교리를 서술한 시구)들은 다 부처님의 무상 법문이 옳았다고 찬탄하는 내용이다. 그녀의 게송을 두 편만 소개하자면 이렇다.

내 머리카락은 검은 데다 윤기가 흐르고 끝이 부드러웠습니다
그러나 이제는 늙어서 마(麻) 껍질처럼 딱딱해졌습니다
진리를 말하시는 분(부처님)의 이야기는 모두 옳습니다.

내 젖가슴은 옛날에는 둥근 데다 균형이 잡히고 위로 향했습니다
지금은 물을 넣지 않은 가죽주머니처럼 쭈그러들어 아래로 처졌습니다
진리를 말하는 분의 이야기는 모두 옳습니다.

부처님의 설법을 들은 암바팔리는 웨샬리 번화가에 있는 자신의 저택으로 부처님에게 아침공양을 올리겠다며 초대했다. 부처님은 암바팔리의 초대에 응했다. 암바팔리는 하인들을 시키지 않고 밤새 자신이 직접 음식을 만들었다. 그런 뒤 부처님을 기다렸다. 부처님은 약속한 대로 암바팔리 저택으로 와서 아침공양을 받았다. 암바팔리는 부처님이 공양을 마치고 발우와 손을 씻고 나자 엎드려 말했다.

"부처님이시여, 저의 망고동산을 보시하겠습니다. 받아주십시오."

이후 암바팔리가 양자로 들인 아들 비마라와 꼰단냐는 부처님의 권유로 출가해 수행자가 되었다. 암바팔리 자신도 출가한 아들들의 인도로 수행자가 되었다. 그녀는 수행자로 바뀌어 자신이 깨달은 바를 시로 남길 정도로 부처님의 참된 제자가 되었다. 비로소 영원한 행복을 누렸다. 미모에 대한 아상을 버리고 제행무상(諸行無常)이라

는 부처님 가르침을 뼛속 깊이 받아들였기 때문이었다. 늙은 그녀의 몸에서는 법향(法香), 진리의 향기가 났다.

오늘의 성북동 길상사는 김영한 여사가 소유했던 요정 대원각이었다. 대원각 토지와 건물들을 법정스님에게 시주한 김영한 여사는 길상화라는 보살명을 얻었다. 여사에서 보살이 된 것이다. 속(俗)에서 성(聖)으로 바뀐 셈이다. 아무런 조건이 없는 시주였으므로 자신의 전 재산을 '버렸다' 혹은 '돌려주었다'는 표현이 더 적절할지도 모른다. 길상사에 머무는 수행자들은 보살의 발원대로 시주받은 정재(淨財)를 잘 사용하고 있는지 늘 되새겨봐야 한다. 그것이 길상화 보살에 대한 도리요 보답일 것이기 때문이다.

암바팔리는 수행자로 바뀌어 자신이 깨달은 바를
시로 남길 정도로 부처님의 참된 제자가 되었다. 비로소 영원한 행복을 누렸다.
늙은 그녀의 몸에서는 법향(法香), 진리의 향기가 났다.

무소유로
자유를 얻은 방거사

  우리는 방거사로 알지만 당나라 형주(衡州) 형양(衡陽) 사람인 그의 본래 이름은 방온(龐蘊)이다. 아버지는 형양 태수를 지냈으며 많은 재산을 방거사에게 물려주었다. 방거사는 8세기 후반에서 9세기 초에 걸쳐 살다간 인물인데, 형양 남쪽으로 가서 개인 암자를 짓고 스스로 불법을 닦았다. 그러다가 개인 암자는 오공암(悟空庵)으로, 자기 저택은 능인사(能仁寺)로 만들어 기증했다. 이후 석두선사를 만나 비로소 선미(禪味), 선의 맛을 얻었다.

  석두선사가 재산에 집착해온 그에게 벼락같은 충격을 주었던 것 같다. 그는 형양에서 손꼽힐 정도로 재산이 많은 부호였던 것이다. 내 것인 듯하지만 무덤까지 가지고 갈 수 없는 재산을 가지고 무얼 그리 아등바등하느냐는 법문을 들었을지 모른다. 재산의 노예가 되어 자유를 잃고 사는 자신을 절실하게 보았을지도 모른다.

방거사는 수많은 돈꿰미와 값어치 있는 가보를 배에 싣고 바다로 나가 미련 없이 몽땅 버렸다. 《방거사 어록》에는 동정호(洞庭湖)에 버렸다고 나온다. 석두선사를 만난 뒤부터 자신을 탐욕스럽게 하고 속되게 하는 '원수'가 재산임을 알았기 때문이다. 전 재산을 바다에 버리기 전에 사람들에게 나누어줄까도 고민해보았지만, 자신에게 '원수'가 된 재산을 남에게 떠넘길 수 없다는 생각에서 바다에 버리기로 결심했던 것이다. 어쨌든 자신의 전 재산을 바다에 버린 그는 가족을 이끌고 산중으로 들어가 조릿대로 대조리를 만들어 장에 내다팔아 연명했다.

전 재산을 바다에 버린 뒤 가난해졌지만 그만큼 행동은 걸림이 없어졌다. 마음은 맑고 편안했다. 방거사는 바람 같은 마음으로 선사들을 만나 탁마하기를 게을리하지 않았다. 아내와 딸도 나름대로 수행하며 방거사를 따랐다.

바다에 수많은 돈꿰미와 가보를 다 던져버리고 청승맞게 죽기(竹器)를 만들어 생계를 꾸려가는 그의 기행(奇行)을 세상 사람들은 이해하지 못했다. 정신이 나가도 단단히 나갔다고 비아냥댔다. 그러나 그는 이제 날마다 재산장부를 점검하고 하인들을 의심하며 도둑을 걱정할 필요가 없었다. 도가 높은 선사를 만나고 싶으면 어디든지 바로 다녀올 수 있었다. 예전에 누리지 못했던, 부자가 되고 나서 잃어버렸던 자유를 되찾았다. 방거사는 어느 날 마조선사를 찾아가 물었다.

"모든 존재[萬法]와 관계없는 사람은 어떤 사람입니까?"

온갖 존재와 다투지 않는, 즉 갈등하지 않는 자유인은 어떤 사람인

탐욕이 없는 것이 진정한 보시요
어리석음 없는 것이 진정한 좌선
성내지 않음이 진정한 지계(持戒)요
잡념 없음이 진정한 구도다.
악을 두려워하지 않고
선을 추구하지도 않는다.
인연 따라 거리낌 없이 사니
모두가 함께 반야선(般若船)을 탄다.

가를 묻는 질문이었다. 그러자 마조선사가 말했다.

"네가 서강(西江)의 물을 한 입에 다 마셔버린다면 그때 자네에게 알려주겠네."

더욱더 절실해지라는 마조선사의 말에 방거사는 크게 발심했다. 마조선사 문하에서 2년간 머물렀는데, 마침내 그물에 걸리지 않는 바람처럼 대자유인이 되었다. 이후 그는 깨달음의 노래를 불렀다.

> 세상 사람들은 돈을 좋아하지만
> 나는 순간의 고요를 즐긴다.
> 돈은 사람의 마음을 어지럽히고
> 고요 속에 본래의 내 모습이 드러난다.

또 다음과 같이 읊조렸다.

> 탐욕이 없는 것이 진정한 보시요
> 어리석음 없는 것이 진정한 좌선
> 성내지 않음이 진정한 지계(持戒)요
> 잡념 없음이 진정한 구도다.
> 악을 두려워하지 않고
> 선을 추구하지도 않는다.
> 인연 따라 거리낌 없이 사니

모두가 함께 반야선(般若船)을 탄다.

방거사는 천하의 선승들 못지않게 주체적인 인생을 살았다. 자기 자신만의 꽃을 피우면서 우리 귀에 익은 선객인 약산, 단하, 대매, 앙산 등을 만나 법담을 나누었다. 초막에 사는 아내와 딸도 방거사 못지않게 정진했다. 오늘날의 우리 눈으로 보면 그렇게 살아야만 자유를 얻을 수 있는 것일까 하고 의문이 들 수도 있다. 그러나 개인이 받아들이는 삶의 가치란 어디까지나 자기중심적이요 입장을 달리하는 상대적인 것이 아닐까.

문득 지리산 산자락 곳곳에 있는 암자들이 떠오른다. 그때 그곳에서 만난 수행자들도 잊히지 않는다. 큰 사찰을 떠나 끼니를 걱정하는 산중 암자에서 살던 스님들이었다. 그 스님들도 철저하게 자기중심적이었다. 스님들은 꾀죄죄하지 않고 호연지기가 넘쳤다. 산 아래에서 누릴 수 있는 것들을 다 버렸지만 지리산 천왕봉을 가진 듯 의연했다. 영원을 사는 지리산이 도반인 듯 자긍심이 대단했다.

1996년 내가 지리산을 찾아다닐 때만 해도 암자는 초막 같았는데 요즘은 전기가 들어오고 전화 같은 문명의 이기(利器)들이 그곳까지 점령한 듯하다. 문명의 이기로만 따진다면 어찌 산 아래 문명이 넘쳐나는 세상과 비교할 수 있을까.

산중 암자는 점점 초라하고 군색해질 뿐이다. 그때만 해도 상무주암, 도솔암, 문수암, 백장암 등을 가보면 수행자들의 눈이 산짐승처럼 해맑았다. 산짐승들이 숲을 떠나지 않듯 그 스님들은 지리산을 떠날 생각이 추호도 없었다. 요즘도 그런지 지리산 산중 암자 스님들의 안부가 궁금하다.

무소유의 근본은
공空이다

　나는 법정스님께서 무소유를 말씀하실 때 두 가지 버전이 있다는 것을 일찍부터 알았다. 하나는 보통 사람들을 상대로 쉽게 하시는 말씀이다. 이때는 이렇게 설하신다.

　"무소유란 아무것도 갖지 않는다는 말이 아니다. 궁색한 빈털터리가 되는 것이 무소유가 아니다. 무소유란 불필요한 것을 갖지 않는다는 뜻이다. 우리는 무소유의 진정한 의미를 이해할 때 보다 홀가분한 삶을 이룰 수가 있다. 선택한 맑은 가난은 넘치는 부유보다 값지고 고귀하다. 소극적인 생활 태도가 아니라 지혜로운 삶의 선택이다."

　여기서 '선택한 맑은 가난'이란 청빈(淸貧)의 삶을 뜻한다. 풍부하게 소유하기보다는 풍요롭게 존재하기를 바라는 수행자들의 덕목이기도 하다. 그런데 법정스님은 수행자나 나 같은 재가제자를 만났을 때는 이렇게 설하신다. 내가 직접 들은 말씀을 그대로 옮겨본다.

무슨 나무든 결국 재로 사라진다.
나무가 색(色)이라면 재는 바람에 흩어져버리는 공(空)이다.
화목난로를 때면서 '색불이공(色不異空) 공불이색(空不異色)'이라는
《반야심경》의 가르침을 덤으로 깨닫는다.

"나도 없는데 하물며 내 것이 어디 있겠는가. 나도 공(空)하고 내 것도 공(空)하다는 도리를 알아야지. 그것을 말하기 위해 무소유란 말을 만들어낸 것뿐이오."

공(空)을 모르면 논리의 비약 같아서 보통 사람들은 이해하기 힘든 말씀이다. 그러나 수행자 치고 공을 얘기하지 않고 살다 간 사람은 아마도 이 세상에 단 한 사람도 없을 것이다. 그만큼 공은 부처님 가르침의 상징적인 핵심어다. 말이 아닌 기호 같은 것일 수도 있다. 공이란 상호관계를 지어야만 공성(空性)이나마 느낄 수 있지, 홀로는 존재할 수 없기 때문이다.

예를 들자면 이렇다. 우리 눈앞에 사과가 한 개 있다고 치자. 그런데 사과라는 단어를 100퍼센트 정확하게 설명할 수 있는 사람이 있을까? 그것은 불가능하다. 맞혔다고 해도 순간적인 답일 뿐이다. 사과는 시간이 지나면 썩었다가 사라져버리니까. 그러한 모습을 다 설명하는 것이 불가능하다는 말이다. 깊이 통찰해보면 사과가 있다고 착각할 뿐이지 없는 것이나 다름없지 않은가.

이를 《반야심경》에서는 공즉시색(空卽是色) 색즉시공(色卽是空)이라고 말한다. 색(사과, 현상)이 곧 공(본질)이라는 것이다. 다만 공성(空性)의 존재는 감지할 수 있다. 사과의 맛은 시간의 흐름과 상관없이 영원히 시고 달기 때문이다.

이제야 보통 사람들도 법정스님이 "나도 없는데 하물며 내 것이 있겠는가. 나도 공하고 내 것도 공하다"라고 하신 말씀을 이해했을 것이다. 그러니 무엇에도 집착할 것이 없다는 말씀이다. 집착한다면 공의 도리를 모르는 어리석은 사람이라고 할 수 있다. 이래서 무집착과 동의어인 무소유를 평생 설하신 것이 분명하다.

새벽에 일어난 나의 첫 일과는 화목난로 속의 불이 살아 있는지 죽었는지 확인하는 일이다. 올 겨울에는 불씨가 한 번도 꺼진 적이 없다. 나무 때문이다. 작년에는 소나무 장작을 땠는데 올해는 참나무로 바꾸어 불을 피운 덕분이다.

소나무는 타면서 송진 향이 좋고 화력이 세다. 그러나 재가 적은 탓에 불씨가 곧 죽어버린다. 참나무는 그 반대다. 특별한 향이 없고 화력이 미지근하다. 그러나 재를 많이 남겨 불씨가 새벽까지 살아 있어서 불을 피우는 수고를 덜어준다. 그래서 이름이 '나무다운 나무', '참나무'일까?

또한, 무슨 나무든 결국 재로 사라진다. 나무가 색(色)이라면 재는 바람에 흩어져버리는 공(空)이다. 화목난로를 때면서 '색불이공(色不異空) 공불이색(空不異色)'이라는 《반야심경》의 가르침을 덤으로 깨닫는다.

그뿐만 아니라 나무는 자기 것을 주장하지 않고 아낌없이 자기를 다 내준다. 살아서는 싱그러운 산소와 시원한 그늘, 푸르른 아름다움을 주고, 죽어서는 근사한 재목과 땔감, 화목난로 속에서는 따뜻한 온기로 승화한다. 자기 것을 다 내어주는 무소유 속에 살다가 자신의 전부를 나누어주는 자비와 사랑의 화신 같다.

소소한 무소유 삶 ——

자연

목련꽃 향기는
숨지 않는다

꽃들아, 수고 많았다

입춘이 다가오고 있다. 매화 꽃망울이 부풀고 개구리들이 개굴개굴 봄을 부르고 있다. 겨우내 닫혀 있던 굴 같은 산중이 이제야 열린다고 해서 '개굴개굴(開窟開窟)' 노래하나 보다. 아니면 개구리 떼가 겨울잠 자던 땅속의 굴이 이제야 열린다는 노래일 수도 있겠고. 아무럼 때마침 봄비가 연못의 수련처럼 동그란 파문을 그리며 개구리 노랫소리에 화답하고 있다. '좋지요, 좋지요.' 하고 메아리같이 응답하고 있다.

햇볕이 많이 드는 양지에는 동백꽃이 몇 송이 피어 있다. 동백꽃을 보니 법정스님이 생각난다. 스님께서 병상에 누워 계실 때 금강스님이 미황사 경내의 동백꽃과 매화꽃을 꺾어 인편에 보낸 적이 있는데, 스님께서 동백꽃과 매화꽃을 한동안 보더니 중얼거리셨다.

"꽃들아, 내가 내려가 남녘의 너희들을 보아야 하는데 올라오느라고 수고 많았다."
스님을 위문하기 위해 보낸 꽃들에 오히려 사과하는 스님의 마음이야말로
부처의 마음이 아닐까 싶다.

"꽃들아, 내가 내려가 남녘의 너희들을 보아야 하는데 올라오느라고 수고 많았다."

스님을 위문하기 위해 보낸 꽃들에 오히려 사과하는 스님의 마음이야말로 부처의 마음이 아닐까 싶다.

봄노래 부르는 휘파람새

입춘이 지난 지 엿새 만에 휘파람새 소리를 듣는다. 꼭두새벽에 어둔 숲에서 봄을 알리는 철새이다. 꽃샘추위 탓인지 아직은 소리에 힘이 붙어 있지 않은 것 같다. 날이 포근하면 연달아 '후이 후이' 하고 허공에 음표를 그리듯 노래하는 휘파람새이다. 너무 반가워서 잠자는 아내를 깨워 함께 듣는다. 아내는 춥다고 곧 방으로 들어가버리지만 휘파람새가 전해주는 첫 봄소식을 함께 나누는 것도 산중에 사는 나만의 연례행사이다. 부부의 작은 행복이다.

아내에게 주는 자그마한 선물이다. 나 혼자만 듣고 말았다면 아내는 속으로 서운했을 것이다. 클래식 음악 마니아인 아내는 청각이 예민해서 산중의 새소리를 좋아한다. 특히 꾀꼬리 노랫소리를 들으면 한없이 행복해진다고 말한다. 꾀꼬리가 네 가지 버전으로 노래한다는 사실도 아내를 통해서 들었다. '홀딱 벗고, 홀딱 벗고'를 반복하는 듯한 검은등뻐꾸기 소리는 나도 아는데, 아내는 꾀꼬리의 네 가지 소리를 안다고 하니 남다른 음감(音感)이다. 그러나 산중의 농부에게는 미치지 못할 터. 조광조가 묻혔던 초분 터가 있는 산자락 너머에서 차를 재배하는 농부는 어미꾀꼬리가 새끼꾀꼬리에게 반복해서 소리내어 가르치는 것을 귀로 들어 안다고 하니 말이다.

통일아리랑을 부르리

봄비가 밤새 내린 듯하다. 잠결에 낙숫물 소리를 간간히 들었다. 어둑한 꼭두새벽에 산새들이 잠든 세상을 깨운다. 날빛이 희부옇게 돌자, 이번에는 딱따구리가 앞산에서 자신의 존재를 알린다. 무엇 하나 무연히 이루어지는 것이 없음을 자각하는 이른 아침이다.

얼어붙은 대동강 물이 풀린다는 우수가 며칠 지났다. 그렇다면 마당 연못가에 심은 홍매, 백매, 청매의 꽃이 피지 않았을까 싶어 나가보니 예감한 대로다. 대동강 강물에 화답하듯 매화나무 꽃봉오리들이 문을 열고 있다.

김소월의 영변 약산 진달래꽃, 내 산방의 진달래꽃 피는 날에 남북도 서로 간에 절절한 마음들이 오고 가야 하지 않을까. 스승인 법정 스님께서는 차를 마시는 자리에서 우리나라 꽃은 무궁화가 아니라 진달래꽃이 되어야 한다고 말씀하신 적이 있다. 북향집인 산방 이불재 상량문에 '백두산 천지 향해 이불재를 앉히다'라고 썼는데, 삼짇날

삼진날 제비가 날아와 노래하듯
백두산과 이불재의 신령들이 목 놓아
〈통일아리랑〉을 부르기를 갈망해본다.

누구라도 미소 짓는 순간에는 부처가 된다고 했다.
그렇다면 꽃이야말로 부처의 어머니이다.
꽃을 보면 닫힌 마음이 저절로 열린다. 무장해제 상태가 된다.
무아(無我)가 된 나와 꽃은 순식간에 하나가 되어버린다.

제비가 날아와 노래하듯 백두산과 이불재의 신령들이 목 놓아 〈통일
아리랑〉을 부르기를 갈망해본다.

목련꽃부처

누구라도 미소 짓는 순간에는 부처가 된다고 했다. 그렇다면 꽃이
야말로 부처의 어머니이다. 꽃을 보면 닫힌 마음이 저절로 열린다. 무
장해제 상태가 된다. 무아(無我)가 된 나와 꽃은 순식간에 하나가 되
어버린다.

이불재 뜰에 핀 목련꽃 향기는 숨는 법이 없다. 자신의 전 존재를
다 드러낸다. 가히 목련꽃부처라 할 만하다. 바람이 센 산중이라서 더
디게 피었지만 그 위의(威儀)는 당당하다. 바야흐로 이불재가 '꽃세
상'이 도래했음을 알리는 제관의 집 같기도 하다.

목련은 꽃봉오리가 개화할 때 가장 우아한 것 같다. 경봉 노스님께
서는 진리의 법문은 그냥 듣기만 해도 어느 땐가는 '열반의 꽃'이 된
다고 말씀하셨다. 나는 무심코 꽃을 보는 버릇이 있다. 어느 날 내 속
뜰에 내가 보았던 꽃이 다시 필 것만 같은 예감 때문이다. 내 산방 허
공에 나무연꽃[木蓮]이 주렁주렁 피어나고 있다. 풍성하게 존재하는
이 봄날의 축복이다. 세상은 여전히 혼탁하고 잔혹해서 눈물겹도록
순결한 꽃이다.

마당가 돌담 사이로 피어나는 진달래꽃이 붉다.
새들에게는 춘궁기인가? 개똥지빠귀가
진달래 꽃봉오리를 따 먹다가 내게 들키고는 부리나케 도망친다.

산중의 봄은 환하다

연못가 벚꽃이 만개했다. 눈이 환해진다. 만개한 벚꽃이 산중의 어둠을 계곡 밑으로 몰아내고 있는 듯하다. 밝은 기운이 계곡물에 실려 저 아래 세상까지 흘러갔으면 더 바랄 것이 없겠다.

마당가 돌담 사이로 피어나는 진달래꽃이 붉다. 이때가 새들에게는 춘궁기인가? 개똥지빠귀가 진달래 꽃봉오리를 따 먹다가 내게 들키고는 부리나케 도망친다. 산중 농부에게 배고픈 어치가 허수아비를 비웃으며 매운 풋고추를 쪼아 먹는다는 얘기를 들은 바 있지만 진달래꽃을 쪼아 먹는 새를 보기는 처음이다. 하긴 사람도 예전에 진달래꽃전, 진달래꽃술을 먹을 때가 있었지.

꽃이 세월을 부른 것일까?

마당가 바위 틈새에 처음 심을 때는 어린 영산홍이었지만 지금은 키가 1미터가 넘는다. 바위가 숨이 막힐 것 같아서 가지치기를 이삼 년 터울로 해주었다. 해마다 5월이 되면 꽃이 무더기로 흐드러지게 피어나 화장세계(華藏世界)를 이룬다. 아니, 꽃이 피어나 봄을 맞이하게 된다.

세월이 꽃을 모셔온 걸까?

꽃이 세월을 불러온 걸까?

문득 무심히 상념에 잠긴다.

　　마음의 주인이라면 봄에도, 꽃에도 집착하지 않는다. 문득 '일지춘심(一枝春心)을 자귀야 알랴마는 다정도 병인 양 잠 못 들어 하노라'는 이조년의 시조 〈다정가(多情歌)〉가 생각난다. 이 시인의 다정(多情)은 아름다운 집착이 아닐까도 싶다. 그러나 나는 그냥 무심코 봄꽃을 바라볼 뿐이다.

작은 것들이
사랑스럽다

민들레가 꽃밭을 선사하다

어머니는 호미를 들고 잔디밭 마당에서 사셨다. 그때는 마당이 정
갈하게 손이 간 푸른 잔디밭이었다. 그러나 어머니가 광주로 가시고
난 뒤부터는 잡초가 고개를 내밀기 시작했다. 잡초는 결국 사람의 잔
디밭을 자연의 풀밭이 되게 했다. 그런데 초여름이 되자, 민들레는 잡
초 뽑기를 포기해버린 나에게 꽃밭을 선사했다. 내가 잡초를 뽑겠다
는 집착을 아예 놓아버리자, 노란 금화처럼 반짝이는 민들레꽃들이
어느 날 문득 마당을 군데군데 수놓았던 것이다. 그러고 보니 집착이
란 인간의 이기심과 다를 바 없다. 자연은 그 본성이 무욕(無慾), 무심
(無心), 순리이다. 그러니 참되고 아름다울 수밖에 없다.

해마다 호미 들고 잡초를 쫓아다니다가

집착이란 인간의 이기심과 다를 바 없다.
자연은 그 본성이 무욕(無慾), 무심(無心), 순리이다.
그러니 참되고 아름다울 수밖에 없다.

두 해 전부터 잡초도 더불어 생명이려니

그대로 두었더니 민들레 꽃밭이 됐구나.

꽃을 꽃인 줄 모르고 살았던 이 누구인가?

민들레꽃만 피어 있는 것이 아니라 흰 냉이꽃, 보랏빛 제비꽃도
"저 여기 있어요!"라고 깜찍하게 고개를 내밀고 있다.

비는 흐느끼는 듯한 가랑비

별은 희미하고 작은 것

꽃은 자세를 낮추어야 보이는 큰개불알꽃, 할미꽃

작은 것들에 눈길이 간다.

산중에 있는 듯 없는 듯 사는 나와 동질감이 들어서일까? 나이 들
어서인지 작은 것들이 사랑스럽다.

접시꽃 플라워로드

사립문 앞 돌탑은 점심을 하고 난 오후 시간에
졸릴 때마다 개울에서 주워온 돌멩이로 쌓은 것이고,
접시꽃은 작년 봄에 자주 가는 식당에서 씨앗을

한 줌 구해 와 뿌렸는데 2년 만에 꽃을 피운 것이다.
접시꽃은 몇 년 전에 오아시스 도시 둔황에서 보았는데,
그때 나는 접시꽃도 실크로드 산물이라는 것을 알았다.
둔황에 핀 접시꽃이 이제 내 산방 앞길에도 있으니
앞으로는 플라워로드(Flower Load)란 말도 생길 법하다.

자연이 노래하는 인생찬가

산중의 물소리 바람소리야말로 자연이 부르는 '인생찬가'가 아닐까.
헛된 시비분별로 지친 영혼을 맑고 투명하게 씻어주기 때문이다.

법정스님은 뻐꾸기소리를 엄마의 '영원한 모음(母音)'이라고 하셨고
《어린 왕자》의 목소리는 '영원한 영혼의 모음'이라고도 말씀하셨다.

나는 꾀꼬리소리가 들려올 때마다 '사랑의 기쁨'이라고 느끼곤 한다.
두 마리가 숲속에서 '호호(好好) 호이오(好而娛)' 노래하는 듯해서다.

산중의 물소리 바람소리야말로
자연이 부르는 '인생찬가'가 아닐까.

쓸데없는 생각만
하지 않는다면

은하수가 흐르는 소리

초가을 한밤중에 깨어나 은하수가 흐르는 소리를 들은 적이 있다. 자음과 모음으로 이뤄진 소리가 아니므로 표현할 길은 없다. 그러나 침묵 속에서는 누구나 들을 수 있다는 금언이 있다.

'별들이 우리에게 들려준 이야기를 남한테 전하려면
그것에 필요한 말이 우리 안에서 먼저 자라나야 한다.'

임제선사는 인생을 찬탄하여 말했다.

"언제 어디서나 모든 일을 긍정적으로 생각하라.
그러면 그가 서 있는 자리마다 향기로운 꽃이 피어나리라."

또, 조주선사는 사계절 좋은 시간을 찬탄했다.

> 봄에는 꽃들이 피고 가을에는 달빛이 밝다.
> 여름에는 산들바람이 불고 겨울에는 흰 눈이 내린다.
> 쓸데없는 생각만 마음에 두지 않는다면
> 이것이 바로 우리 세상의 좋은 시절이라네.

　내 산방의 달을 휴대폰으로 촬영해서 시언 아우에게 보내주자, 귤 농사를 짓는 농부시인 시언 아우가 성산포 달을 답례로 보내온 적이 있다. 그때 아우가 하는 말, 성산포 달빛은 소금기가 배어 간간하단다. 서로 서 있는 자리가 다르더라도 달은 하나일 뿐인데 달빛의 맛은 다른가 보다. 내 산방 뜨락에 쌓이는 달빛은 도대체 무슨 맛일까. 투명한 외로움, 고요하고 적적한 맛이 아닐까 싶다.

적막해도 외롭지 않다

　몸살 기운이 있어 아궁이에 장작불을 들이고 잤다. 밤새 내리는 가을비 소리에 노루잠에서 깨어났다. 날이 좀 더 밝아지기를 기다렸다가 화분을 내놓았다. 목말라하던 화초들이 비를 맞으며 좋아한다. 나는 화초들의 그 소리를 마음으로 듣는다. 화초들의 생기가 가슴에 전

해지는 것이다. 어떤 날은 푸나무와 중얼중얼 대화할 때도 있다. 유무
정물(有無情物)의 무엇이건 나와 연결되어 있지 않은 것은 하나도 없
다. 그러니 나는 산중생활이 적막해도 외롭지 않다. 외롭다는 말을 이
해하지 못한다.

　소나무 가지치기를 두 번째로 했다. 소설 구상하다가 쉴 겸 해보는
강전정이다. 소나무에게 미안하다고 양해를 구한 뒤, 미련 없이 버리
고 또 버리다 보니 격조가 드러난다. 언젠가 밭가의 개버들나무를 자
를 때는 막걸리를 사와 고수레를 했다. 성한 나무를 자르려니 마음이
께름칙해서였다.

　어쨌든 소나무를 10년간 방치한 나의 잘못이 큰 것 같았다. 무성한
잔가지들이 안쪽에서는 자멸하고 있었으니 말이다. 소나무를 보니
내 삶도 더하기보다는 버리기와 빼기를 계속해야 할 것 같다. 그래야
내 진면목이 드러날 테니까.

낙엽도 뜻이 있어 구른다

　대나무 사립문 안팎으로 낙엽이 스러져 있다. 바람이 불면 이리저
리 구른다. 빗자루를 들까 말까 망설인다. 그대로 두니 더 자연스럽
다.《반야심경》의 불구부정(不垢不淨)이란 말이 문득 떠오른다. 인간
의 기준일 뿐 자연은 더러움도 없고 깨끗함도 없다는 말이다. 인간이

자연을 더럽힐 뿐이다.

며칠째 사립문 안팎의 낙엽 무더기를 바라만 보고 있다. 낙엽도 뜻이 있어 그 자리에 있거나 바람에 구르겠거니 하는 생각 때문이다. 누가 나더러 게으르다고 핀잔을 주어도 할 말은 없다. 그러고 보니 산방 마당도, 연못도 소나무가 떨군 누런 솔잎 천지이다. 잔디처럼 퍼진 질경이를 이불처럼 덮고 있다.

행복한
무소유

흰 눈 같은
고요 속으로

차꽃을 보며 사색하다

된서리 내리는 초겨울이다. 서리에 약한 오동잎은 벌써 지고 있다. 이때 피는 꽃이 있다. 마당가 소나무 밑에서 개화하는 우윳빛 차나무 꽃이다. 찬바람이 불수록 더욱 도드라지는 노란 산국(山菊) 못지않게 향기가 은은하다. 물맛으로 치자면 계곡물처럼 달짝지근하다.

그런데 차꽃은 질 때도 능소화처럼 미련 없이 통째로 떨어진다. 풀잎 끝에 맺힌 영롱한 이슬이 떨어지는 것과 흡사하다. 온몸으로 살았으니 온몸으로 지는가 싶다. 차꽃의 개화가 절절하다면 차꽃의 낙화는 비장하다. 차꽃은 삶도 죽음도 여여하다. 그래서 선가에서는 생사일여(生死一如)라고 하는 모양이다. 수불선사의 오도송이 떠오른다.

생사는 본래부터 그대로인 것

차꽃은 질 때도 능소화처럼 미련 없이 통째로 떨어진다.
풀잎 끝에 맺힌 영롱한 이슬이 떨어지는 것과 흡사하다.
온몸으로 살았으니 온몸으로 지는가 싶다.

헤아리면 그것이 곧 생사일세.

경계가 변해도 변함이 없나니

생사 그대로 부처님 세계로다.

풍찬노숙한 부처님

눈보라가 휘몰아치고 있다. 마당으로 나가는 돌계단과 부엌 통로인 툇마루를 비질하지만 소용이 없다. 눈가루가 날아와 곧장 덮인다. 바깥세상과 서서히 차단되어가는 느낌이다. 엊그제 고장 난 지하수 모터펌프를 고쳐놓은 것이 무엇보다 안심이다. 물이 공급되지 않으면 삶이 뒤죽박죽 되어버린다. 그래서 물을 생명수라고 하나 보다.

산길이 끊기면 당분간 손님들이 오지 않을 것이다. 때로 '자가격리' 당하는 이런 환경도 내게는 도움이 된다. 내면으로 깊이깊이 침잠할 수 있기 때문이다. 내면 깊은 데서 사유의 두레박으로 길어 올리는 글은 다르다. 의식 저편으로 물러나 있던 상상력과 감성이 묻어 있어서다. 그런 글을 기대하니 벌써부터 마음이 충만해진다. 눈보라가 오히려 고맙다.

이불재 마당 반석에 계신 부처님, 뒤뜰에 계신 지장보살님도 내리는 눈을 맞으며 설중삼매에 드신 것 같다. 무엇이든 피하지 않고 시비하지 않으며 받아들이는 것이 부처의 경지가 아니겠는가!

간밤 폭설 속에서 풍찬노숙한 부처님과 지장보살님이 의연하다. 이를 불보살의 위의라고 할 것이다. 부처님은 천주교 신자인 남동생이 어느 조각가로부터 선물 받았다가 내 산방으로 보냈고, 지장보살님은 절골 정씨 할머니가 외지에 사는 아들이 울타리 밑에 두고 갔는데, 밤중 할머니 꿈속에서 호랑이가 나타나더니 여기 지장보살님은 저 위 산중에 사는 소설가 집에 있어야 한다고 점지해주더라는 것.

그래서 할머니가 내 산방에 가져온, 알듯 모를 듯한 곡진한 사연이 있다. 이 세상 그 무엇도, 티끌만 한 존재라도 관계의 인연이 없는 것은 단 하나도 없으리라. 인연을 지중하게 알고 언행도, 발걸음 하나도 삼가 살피고 조심해야 하리.

허물을 얹지 말라

밤새 쌓인 눈 월백(月白), 설백(雪白),
천지 사이 온통 은백(銀白) 일색이네.
함박눈 흩날리는 날 고요한 꼭두새벽,
침묵할 뿐! 여기 무슨 허물을 얹히랴.
나도 흰 눈 같은 고요가 머물게 하리.
눈발이 전하는 고요 속으로 침잠하리.

하루를 순간순간 온전하게

눈이 와서 그런가? 내가 사는 이불재가 〈세한도〉 속에 나오는 단출한 산방 같은 느낌이다. 불일암 법정스님의 '빠삐용 의자'를 본떠 만든 내 '무소유 의자'도 밤새 안녕하다. 대나무비로 쓸어서 그런가? 스산한 산방 이불재가 개결하다. 올 손님이 없지만 아침에 마당을 세 번을 쓸었다. 혹시 돌아가신 아버지의 혼령이 나를 찾아온다면 '깨어 있군!' 하고 미소 지으실자-모르겠다. 문득 환하게 미소 짓는 아버지의 생전 모습이 떠오른다. 까마귀가 내 생각을 알아차렸는지 까악까악 소리치며 날아간다.

그런데 이른 아침에 느닷없이 전화가 온다. 멀리서 귀한 손님 몇 분이 오신단다. 스님을 포함해서 세 분이다. 얼마 지나지 않아 손님들이 산방에 들이닥친다.

허술한 내 살림살이가 숨김없이 드러난다. 그나마 다행인 것은 화목난로가 온기를 내뿜으며 손님을 맞이한다. 스님이 내 서재까지 들어와 책상 위의 컴퓨터 자판기를 보더니 "얼마나 오래됐는지 자판 글자들이 안 보이네요. 컴퓨터 바꿀 때가 지났어요." 하시면서 웃는다. 그런 뒤 나에게 봉투 하나를 슬그머니 내미신다.

스님이 가신 뒤, 가만히 생각해보니 맑고 작은 물줄기 같은 흐름이 하나 읽힌다. 마당을 쓴 일이나, 까마귀가 소리친 일이나, 눈길에 불쑥 손님이 찾아온 일이나, 스님께서 내 낡은 컴퓨터를 처음으로 본

일이 '우연'이 아닌 것이다. 이미 인연 맺은 관계 속에서 오늘에야 나타난 '필연'이었다는 생각이 든다. 하루를 순간순간 온전하게 티 없는 마음으로 살아야겠다는 자각이 사무친다.

소소한 무소유 삶

성찰

가는 사람
잡지 않는다

미워하고 사랑하지 않으면

내가 불교를 받아들인 뒤 가장 큰 변화가 있다면

극단적으로 남을 미워하거나 사랑하지 않는다는 것이다.

아내는 나의 그런 점을 많이 걱정한다.

사람들은 천차만별이니 조심해야 한다는 것이다.

그러나 나는 나에게 가져갈 것이 뭐가 있느냐,

가져갈 것이 있다면 가져가라고 해라.

그것도 선업(善業)이 아니냐 하고 웃고 만다.

올해 나는 네 군데 연재를 한다.

두 군데는 원고료를 받고 두 군데는 받지 않는다.

이유는 그곳의 형편이 어려우니까 그렇다.

이 역시도 살림살이를 전적으로 맡은 아내는 불만이다.

산중 수행자는 달빛에 비친 툇마루의 눈가루를 보석이라고 했다.
빛나는 보석이여! 이를 낭만적으로 이해해서는 안 된다.
수행자의 반어법이다. 거처할 오두막이라도 있고
부처의 가르침을 만났으니 감사하다는 뜻이다.

그러나 내가 어려운 잡지사를 도울 수 있는 게
내가 쓰는 원고를 보시하는 길 외에 달리 무엇이 있겠는가.
칼럼니스트 조용헌 씨가 나를 취재하러 왔을 때
부탁을 하나 했다. 나를 도사로 소개하지 말라는 것과
제목은 '오는 사람 막지 않고 가는 사람 잡지 않는다'라고
해달라는 것이었다. 월간 〈신동아〉에 들어가 검색해보니
약속을 지켜주어 은근히 고마워한 적이 있다.

> 지극한 도는 어렵지 않음이요
> 오직 간택함을 꺼릴 뿐이니
> 미워하고 사랑하지 않으면
> 통연히 명백하니라.
> 至道無難 唯嫌揀擇
> 但莫憎愛 洞然明白

나는 삼조 승찬대사의 《신심명》 중에 위의 구절을 보고
미워하고 사랑하지 않는 것이 도(道)라는 데 바로 공감했다.
내가 도달하고자 하는 지점 같았다.

요즘 사람들의 특질 중 하나는
너무 미워하고, 너무 사랑하는 것 같다.

미워할 때는 상대를 죽도록 미워한다.

사랑할 때는 멀미가 날 정도로 사랑한다.

이게 온전한 사람의 정신이고 태도인가?

특히 진리의 길에 들어선 수행자인 경우에는 더 그렇다.

증오와 편애는 인간다운 길이 아닌 것 같다.

법정스님은 한때 불일암 초입에 팻말을 세웠는데,

'길이 아니면 가지를 마라'는 글씨가 쓰여 있었다.

하늘이 입을 열겠지

새벽 4시. 다행이다. 화목난로에 잉걸불이 남아 있다. 이럴 때는 장작 몇 개만 넣어줘도 스스로 알아서 탄다. 장작을 가지러 뒤뜰 창문을 여니 툇마루까지 눈이 쌓였다. 어느 산중 수행자는 달빛에 비친 툇마루의 눈가루를 보석이라고 했다. 빛나는 보석이여! 이를 낭만적으로 이해해서는 안 된다. 수행자의 반어법이다. 거처할 오두막이라도 있고 부처의 가르침을 만났으니 감사하다는 뜻이다. 나 역시 마찬가지다. 비록 어젯밤에 보일러가 갑자기 고장 나서 수돗물이 얼지 않기만을 바라고 있지만, 그래도 산방은 내게 몇 시간의 단잠을 허락해 주었던 것이다.

오늘 안국선원 선원장 수불스님과 보림사 주지 일선스님, 이렇게 두 분의 스님과 안국선원 신도회장 무량심 보살님께서 오시는 날이다. 아내는 점심을 준비하느라고 어제부터 손을 바쁘게 움직였다. 스님들이 좋아하시는 떡국을 쑤기 위해 식재료를 준비하느라 부산했다. 화순 읍내에서 떡국 떡을 사 오고, 이 고장에서 나는 땅콩을 구하느라 여기저기 전화를 해댔다. 가평 잣은 직접 현지 농협에서 주문하는 요령을 발휘했다. 아내만이 개발한 떡국 비법이랄까. 정성, 성(誠) 자를 여실히 보여주고 있다.

아내는 안국선원에서 간화선(看話禪)을 공부한 수불스님의 제자이기도 하다. 제자의 인연은 극적이었다. 스님께서 내 산방을 방문하신 적이 있는데, 그 전날 아내는 흰 독수리가 부리로 자신을 물고 하늘로 올라가 산삼의 빨간 열매를 보여주더라는 것. 그 꿈 얘기를 듣고 보니 수불스님 눈이 독수리의 눈처럼 형형하고 매서웠다. 결국 아내는 함께 찾아온 무량심 보살님의 권유로 서울 안국선원으로 올라가 간화선 공부를 했던 것이다. 그때 내가 백팩을 멘 아내에게 "화두를 타파할 때까지 내려오지 마소. 혼자서 자취하고 있을 테니 내 걱정하지 마소."라고 한 말이 떠오른다. 아내가 스승이 오신다고 어제 하루 종일 부산하게 보낸 일이 이해가 된다.

그런데 눈이 쌓여 산방 오는 길이 수월치 않을 텐데 걱정이다. 날이 밝으면 나가서 산방으로 오는 언덕길만이라도 눈가래로 쌓인 눈을 치워야겠다. 꿈을 해몽하는 것처럼 폭설도 무언가 뜻이 있을 것이다.

원인[因]이 있으니 결과[果]가 있음이다. 방송에서 해설하는 기상캐스터의 기후현상을 얘기하는 것이 아니다. 하늘이 인간에게 전하는 메시지다. 그 메시지는 각자 다를 터다.

눈이 나에게 가지고 온 하늘의 전언(傳言)은 무엇일까? 오늘의 화두는 내리는 눈을 응시하면서 내면 깊이깊이 침잠해보리. 무의식 저편까지 가봐야겠다. 내가 입을 다물고 있으면 마침내 하늘이 입을 열겠지.

좋은 글이란?

독자가 어떤 글이 좋은 글인지 물을 때가 많다.
좋은 글은 눈 밖에 있지 않고 눈 안에 들어온다.
눈 밖에서 읽히는 글은 겉절이 건건이와 같다.
건건이는 쌈박하지만 입안에 도는 개미는 없다.
눈이 읽고 나면 곧장 머릿속에서 사라져버린다.
맛있는 음식은 오래 씹듯 좋은 글은 오래 씹힌다.
좋은 글을 음미하면 마음은 더없이 충만해진다.

언젠가 북콘서트 할 때도 같은 질문을 받았다.
그때 박수를 받았던 내 대답은 다음과 같았다.

내가 하는 일을 하늘이 알고 땅이 알고 있다는 느낌이 들면,
나는 그것으로 이미 '정복(淨福)'을 받았다고 믿지 않을 수 없다.

"좋은 책은 깊이 읽을수록 감동이 배가되지만
부실한 책은 다시 읽어보면 감동이 반감됩니다."

꼭두새벽에 달리는 기차이듯

나는 꼭두새벽이 좋다. 눈을 뜬 얼마 동안은 현실의 내가 무장해제
된 것 같은 무아의 시간이 흐른다. 소설 작업의 실마리는 주로 이 같
은 꼭두새벽에 풀린다. 실마리가 풀리면 마치 레일을 깔아놓은 듯 소
설은 하루 종일 저절로 써진다. 레일 위를 기차가 달리듯. 낮에 손님
이 오면 기차가 간이역에서 쉬듯 차를 마시고 정담을 나누기도 한다.
그래도 집필 작업에는 지장이 없다. 간이역에서 잠시 쉬었다가 종착
역을 알고 가는 기차처럼.

꼭두새벽에 내가 만나는 '나'는 공시적(共時的)으로는 '사회적 자
아'이고, 통시적(通時的)으로는 '역사적 자아'인지도 모른다. 그걸 뭉
뚱그려서 '영감'이라고 하는 것일까. 소설가로서 '나 아닌 나'를 만나
는 것이 얼마나 큰 행운인지 오늘 꼭두새벽에도 경험했다. 그 힘으로
지금도 의자에서 '앉아서 버티기'를 흐뭇하게 하고 있다.

오늘은 꼭두새벽부터 비가 내린다. 점심은 아내가 라면을 내놓아
맛있게, 더 정확하게 말하면 빨리 간단하게 먹었다. 산해진미가 부러
우랴. 가끔은 라면 한 그릇이면 족하다. 어쩌다가 서울에 간 나는 통

유리 안이 훤히 보이는 고급식당 앞은 되도록 빨리 지나친다. 식탁에서 게걸스럽게 먹는 그 동물적인 모습과 음식을 되새김하듯 하염없이 먹는 그 여유(?)를 봐줄 인내심과 아량이 부족하기 때문이다.

한 그릇 라면의 포만감으로 30분 정도 휴식하고 꼭두새벽에 깔아놓은 레일 위를 나는 또 달릴 것이다. 밖에서 내리는 해동머리의 비가 나를 지켜보고 있다. 내가 하는 일을 하늘이 알고 땅이 알고 있다는 느낌이 들면, 나는 그것으로 이미 '정복(淨福)'을 받았다고 믿지 않을 수 없다.

우리 모두
손해 보고 살자

순수한 첫 마음으로

아침 하늘에 흰 눈이 희끗희끗 날린다. 얼어붙은 강물처럼 쪽빛이다. 쇄솩 쇄샛 쇄솩 쇄색 날갯짓 소리가 난다. 산골짜기 하늘 높이 기러기가 나는 소리다. 억새가 거풋거리는 소리 같기도 하다.

나는 누구보다도 현대 고승들을 많이 친견한 작가 중에 한 사람이다. 서옹스님, 구산스님, 법정스님, 혜암스님, 서암스님, 법전스님, 일타스님, 청화스님, 동춘스님, 혜국스님, 수불스님 등은 직접 친견한 분들이고, 상좌스님들을 통해 간접적으로 접한 분들은 경봉스님, 진제스님, 청담스님, 성철스님, 경봉스님, 송담스님 등이다. 고승들이 깨달았을 때의 사연을 들어보면 하나같이 나와 우주가 한 몸이라는 것을 깨달았다는 공통분모가 있다. 우주와 한 몸인데 사람은 더 말할 것도 없다. 나와 남은 한 몸[同體]인 것이다. 법정스님께서도 남이란

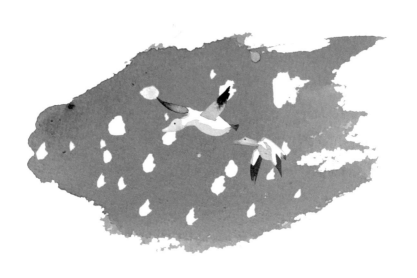

순수한 첫 마음으로 하는 행동, 그것이 바로 선(禪)이다.
나를 생각하지 않는 헌신, 희생이야말로 순수한 공덕이 아닐까.

'또 다른 나'라고 말씀하신 적이 있다.

우리가 누구의 일을 할 때 혹은 도울 때, 고승들이 깨달았을 때의 마음으로 하면 그것이 곧 순수한 공덕이 될 것이다. 내 일을 다 하고, 내 몫을 챙겨두고, 내 지위를 이용해서 하는 일은 엄밀한 의미에서 선업(善業)이 아니라는 생각이 든다. 양나라 무제가 달마대사를 만났을 때 묻는다.

"나는 수많은 절을 짓고 수많은 스님들에게 공양을 했소. 내 공덕은 얼마나 되오?"

달마대사가 대답한다.

"아무런 공덕이 없습니다[無功德]!"

무제가 임금의 자리에서 신하들에게 지시해서 한 일이므로 그렇다. 임금이라면 누구나 할 수 있는 일인 것이다. 임금의 자리를 내려놓고, 임금이란 권력이 사라진 뒤, 자신을 희생하면서 천신만고 끝에 그런 일을 했다면 공덕이 됐을 것이다. 순수한 첫 마음으로 하는 행동, 그것이 바로 선(禪)인 것이다. 선심초심(禪心初心)이란 선가의 말도 있잖은가.

거창하게 양무제를 얘기했지만 나를 생각하지 않는 헌신, 희생이야말로 순수한 공덕이 아닐까 싶다. 어느 해인가 정초에 나는 가족들 앞에서 "올해는 우리 모두 손해 보고 살자. 그러면 시비 갈등하는 마음이 녹아버린다."라고 말한 바 있다. 이 고장의 바깥 날씨는 영하 18도라고 한다. 내가 사는 산중은 평지보다 4도 더 낮은 곳이니 영하 22도쯤 되는 날씨에 몇 벌의 옷을 껴입고 서재에서 몇 자를 적어 남긴다.

늙는다는 것

나는 나이 들어 가끔 동화를 쓴다.
지난 12월 24일 부산으로 가서 안국선원 선원장 수불스님과
신도회장 무량심 보살님을 뵙고 차담을 했다.
그때 들은 얘기로 성인동화 한 편을 또 썼다.
러시아 대문호 톨스토이가 왜 말년에 동화를 썼는지
그 심정을 헤아릴 수 있을 것 같다.
동화란 인생 철학을 담아내기에 수월한 장르인 것이다.
늙는다는 것은 인생 지혜의 두께가 더 두꺼워진다는 의미가 아닐까.

독선은 맹독이다

꼭두새벽에 일어나면 가장 먼저 화목난로를 피운 뒤, 미지근하게
데워진 지하수 한 모금을 마신다. 물이 식도를 내려가는 동안 잠자던
세포가 깨어나는 느낌이다. 밋밋한 물 한 잔이 뱃속으로 들어가면서
나를 깨우는 것이다.

가장 질리지 않는 맛은 물맛이다. 물에 어떤 첨가물이 들어가면 입맛을 돋울지는 몰라도 그만큼 본래의 물맛에서 멀어진 줄 알아야 한다. 파시스트 그림자가 어른거리는 지도자가 있는 것 같다. 대중들은 자신의 가려운 곳을 긁어주는 것 같아서 열광한다. 그러나 파시즘이란 것이 무언가? 그럴 듯한 명분을 위해 호도하고 개인의 자유를 극도로 제한해버린 독재역사가 있잖은가. 대중은 맵고 짠 자극적인 것을 선호한다. 파시스트는 마치 환자에게 마이신의 단위를 높여가며 처방하듯 더욱 자극적인 정책이나 도발적인 행동으로 대중을 선동한다.

물론 파시스트가 내세우는 것에 명분이 없을 수 없다. 그러나 그 주장이라는 것이 대개는 독선(獨善)이다. 독선이란 단어는 맹독(猛毒)이 들어 있는 독버섯처럼 아름답기까지 하다. 좋을 선(善)자가 들어 있어 유혹한다. 그런데 문제는 혼자[獨] 도취하는 데에 있다. 스스로 공명정대한 줄 착각한다. 사람은 술로만 취하는 것이 아니다. 이데올로기, 편견, 욕망도 사람을 취하게 한다. 이성을 마비시킨다. 부처님의 중도(中道)는 아니더라도, 최소한 유가의 중용(中庸)으로 극단을 삼가하는 지도자가 되라고 권면하고 싶다. 그 자신뿐만 아니라 우리 모두를 위해서다.

법정스님이 봉은사 시절에 함석헌 선생을 모시고 반독재투쟁을 한 이유도 정치지도자의 독선을 막기 위해서였다. 스님은 수행자가 증오심을 가져서는 안 되지만 불이 났으니 잠시 소방수 역할을 했다고 고백하신 적이 있다. 봉은사에서 불일암으로 내려가신 까닭은 수행

사로서 증오심을 버리고 출가했던 첫 마음으로 되돌아가기 위해서였
던 것이다.

우리가 보지 못한 진실을 보고 말한 성자들

이른 새벽에 흰 개 '행운'이 밥을 주려고 마당으로 나갔다가
방으로 들어오는 소소한 일도 행선(行禪)이라는 생각이 든다.
밤새 나를 기다렸다는 듯 녀석이 고개와 꼬리를 반갑게 흔든다.
겨울이라 난로에 물을 데워서 주고 사료(밥)를 정성스럽게 준다.
행운이 밥을 주고 나면 안도감이 들고 비로소 하루가 시작된다.
문득 무장해제 상태가 된다. 이때 상념이 떠오른다.
오늘 뇌리를 스친 상념을 그대로 기록하자면 이렇다.

우리가 사는 세상에 지진이나 해일처럼 큰 충격과 변화를 준
성자들은 우리가 보지 않는 것을 본 각자(覺者)라는 생각이 든다.
현실존재 속에서 공(空)을 처음으로 본 이는 고타마 붓다이다.
우리들은 현실존재들의 색(色, 현상)만 보고 살아왔던 것이다.
현실존재 속에서 부활을 처음으로 보여준 이는 예수 그리스도이다.
우리들은 현실존재들의 죽음만 보고 슬퍼하며 살아왔던 것이다.
현실존재 속에서 하늘의 도[天道]를 처음으로 말한 이는 공자이다.

내 인생 목표가 있다면 불후의 명작을 남기는 것이 아니라 해탈이다.
무엇에도 구속받지 않는 자유인이 되기를 원한다.

우리들은 지상에서 사람의 도[人道]만 배우고 살아왔던 것이다.
현실존재 속에서 허공의 가치를 처음으로 말한 이는 노자이다.
우리들은 지상에서 눈에 보이는 것만 가치 있다고 믿었던 것이다.

내 나이도 일흔, 성자들이 보았던 진실이 시나브로 엿보이고 있다.
우리가 보지 못한 삶의 원리를 보고 말한, 먼저 살았던 이들이
성자들이라는, 미처 인식하지 못했던 사실을 이제 절감한다.
나는 늙은 소설가다. 내게 주어진 몫은 우리가 보지 못한 본질의
아름다움을 찾아내 한 땀 한 땀 기록으로 남기는 일이 아닐까 싶다.
눈에 보이지 않는 존재는 모두 아름답다는 나만의 가설을 전제로.

내 인생 목표는?

마당에 떨어진 솔씨를 노랑할미새가 날아와 쪼아 먹고 있다. 노랑
할미새는 철새인데 벌써 날아온 것일까? 아니면 노랑할미새가 텃새
로 바뀐 것일까? 인도에서 많이 보았던 노랑할미새다. 마당 연못가에
있는 홍매를 보니 꽃망울이 게슴츠레 눈을 뜨고 있다. 작년 가을 개
울가에 이식한 1년생 단풍나무 줄기에도 푸른 물이 오르고 있다. 20
년 전 산방을 짓고 나서 심은 기념수 단풍나무가 어미가 되어 마당
여기저기에 씨앗을 퍼뜨려 자란 1년생 자식들이다.

입춘이 10일쯤 지나면 돌아온다. 기온이 영상으로 올라 올겨울에 처음으로 화목난로를 피우지 않았다. 어제와 오늘 장편 연재소설 '아쇼까대왕' 2회분(2백자 원고지 70매)을 한꺼번에 썼다. 이 정도 속도라면 내일 새벽에도 1회분을 더 쓸 것 같다. 연재보다 3회분을 미리 앞서가면 심리적으로 안심이 된다. 여유가 생긴다. 마음이 너그러워져 차의 맛과 향을 더 느낀다.

중노동 같은 소설 작업보다 시인의 감성 작업이 부럽기도 하다. 멘탈이 약해져 소설 작업이 힘에 부치면 나도 시를 써볼 생각이다. 원래 나는 시를 쓰고 싶었고 고등학교 때까지는 미술반에서 그림을 그렸는데, 대학 시절 소설로 전향해버린 탓에 지금까지 긴 산문을 쓰고 있다. 소설을 밥 삼아 쓰는 직업이 돼버렸다. 이것도 내가 만든 운명이다. 그러나 나는 소설이 나를 구속하고 있다고 생각해본 적은 없다. 그랬다면 진즉 나는 소설을 버렸을 것이다. 내 인생 목표가 있다면 불후의 명작을 남기는 것이 아니라 해탈이기 때문이다. 무엇에도 구속받지 않는 자유인이 되기를 원하기에 그렇다.

자신을 사랑해야
남도 사랑한다

집이란 무엇일까?

집이란 욕망인가? 내 경우도 집의 평수가 풍선처럼 점점 커져왔던 것 같다. 결혼해서 13평 개봉동 주공아파트 전세를 살았다. 거기서 첫딸이 태어났다. 둘째 딸이 태어날 무렵에는 형편에 맞는 광명시 단독주택으로 이사했다. 평수는 15평 안팎이었지만 첫딸 아이가 뛰어놀 수 있는 골목 등이 있어 좋았다. 이후 아이들이 크자 23평 문래동 현대아파트를 분양받아 갔다. 베란다에서 안양천을 조망할 수 있어 무슨 호텔로 이사한 느낌이 들었다. 그러나 아이들이 중고등학교를 다니게 되자 아이들 각자 방이 필요해 길 건너편의 32평 현대아파트로 옮겨갔다. 아이들에게 방을 내준 나는 거실에서 집필을 했다. 이제 내 서재를 갖는 것이 꿈이 되었다. 할 수 없이 문래동과 이웃한 당산동에 있는 42평 동부아파트로 이사 가서 내 서재를 따로 마련했다.

보자기만 한 동창을 열면 아침에는 해가 보이고 밤에는 달이 보인다.
비록 작은 방이지만 동창은 광대무변한 우주를 연결시켜주고 있다.
소유를 생각하는 사람에게는 내 침실이 초라할 정도로 작겠지만
나에게는 단잠과 휴식을 허락해주는 자비로운 공간이다.
나를 행복하게 존재하게 하는 방이다.

전세든 내 소유든 13평에서 42평으로 우리 가족의 주거공간이 넓어졌다.

이후 마흔아홉에 나는 남도 산중에 18평 산방을 지어 낙향했다. 18평 산방을 지을 때 면사무소 직원은 아무런 투자가치가 없는 곳에 집을 짓는다며 나를 기인으로 보기도 했다. 나는 집을 소유하기 위해서가 아닌, 내 영혼과 몸이 존재하기 위해서 지었기에 매우 만족했다. 산중 생활이 때로는 불편했지만 그런 불편함도 내가 선택한 것이므로 견딜 만했다. 무엇보다 서울에서 잃어버렸던 외로움을 되찾을 수 있어서 좋았다. 외로우니까 자연과 더 가까워졌다. 산중의 자연이 스승이 되고 친구가 되었다.

그런데 아내가 합류하면서 산방에 부엌 8평이 더해졌다. 아내는 부엌으로 쓰면서 독서 공간으로도 이용했다. 손님들이 찾아오자 5평 별채 사랑방도 지었다. 산방 역시 성장호르몬에 의해 자라나는 집처럼 점점 덩치가 커졌다. 2평 침실만은 처음이나 지금이나 그대로다. 서울에서 내려온 아내는 침실 사방이 벽이어서 눈을 둘 데가 없다며 답답해했지만 지금은 잘 적응해서 좁은지 넓은지 모른다. 적응했다는 것은 벽 너머에 있는 산중의 자연을 느끼고 밤하늘의 별을 보기 시작했다는 의미다.

나는 침실이 작다고 생각해본 적이 한 번도 없다. 흰 보자기만 한 동창을 열면 아침에는 해가 보이고 밤에는 달이 보인다. 비록 작은 방이지만 동창은 광대무변한 우주를 연결시켜주고 있다. 소유를 생각하는 사람에게는 내 침실이 초라할 정도로 작겠지만 나에게는 단 잠과 휴식을 허락해주는 자비로운 공간이다. 만족할 줄 아는 지족(知足)이야말로 행복의 조건이라는 것을 깨닫게 해주는 방이다.

용서란 조건이 없다

용서, 사면… 용서란 조건 없이 하는 것이 아닐까. 아니, 용서했다는 생각마저 해서는 안 되는 것이 아닐까. 내가 너무 종교적인가? 그렇다면 종교처럼 현실적인 것이 또 어디 있겠는가. 종교에서 하는 말과 현실에서 하는 말이 서로 다르다는 것인가. 향나무는 자신을 찍는 도끼날에 향을 묻히는데! 자신이 향나무인지, 도끼인지 스스로 한 번쯤 물어보는 것은 어떨까. 글을 쓰다가 막막해져 마당가 연못을 한 바퀴 도는 동안에 용서, 사면이란 단어가 순간적으로 나에게도 화두가 될 줄이야. 세상은 여전히 시비가 넘쳐나고, 또 그것으로 생업이듯 먹고살고, 혼란스러움이 미세먼지처럼 덮고 있다.

이제는 외조를 할 때

새벽 4시 30분에 일어나 머리를 감았다. 맑은 정신으로 2021년 새해 첫날을 맞이하기 위해서다. 마음 같아서는 찬 개울물로 감고 싶지만 눈이 많이 쌓여 그만두었다. 맑은 정신으로 어제 쓴 초고를 다듬었다. 소의 해인 신축년에 어울리는 동화 한 편이다. 경봉스님과 소에 얽힌 이야기다. 제목은 '허수아비를 먹어 치운 소'로 정했다.

올해 집필할 원고를 생각하니 모골이 송연해진다. 〈현대불교신문〉에 대하소설 '아쇼까대왕'을 연재 중이다. 아내는 요즘 부쩍 내 건강을 챙긴다. 그만큼 잔소리(?)를 많이 한다. 때로는 신경에 거슬리지만 잠자는 아내의 모습을 보면 짠하다. 4백여 년 전 아내 집안의 이조판서 박충원 중시조께서 나의 15대조인 돈재 정여해 할아버지 일대기인 행장을 썼다. 점필재 김종직의 제자였던 할아버지는 사헌부 지평을 제수 받았지만 출사하지 않은 도학자였다. 어느 날 새벽에 15대조 할아버지 문집을 보다가 발견한 사실이다. 인연이란 이토록 심연처럼 깊고 골짜기같이 그윽한 것인가!

올해 최고의 내 목표는 아내의 건강을 되찾는 일이다. 아내는 지난해 8월부터 고관절에 이상이 생겨 처음에는 잘 걷지도 못하다가 차츰 나아져 지금은 산책을 함께할 정도가 됐다. 일주일에 한의원을 두 번씩, 정형외과를 한 번씩 다녔고, 서울의 아산병원과 지푸라기라도 잡는 심정으로 강남 선릉역 부근의 체형교정 센터를 두 번이나 찾아가 치료를 받아보았다. 아내가 병원에 갈 때는 나는 만사를 제쳐놓고 운전수가 되었다. 아내가 내조를 했으니 이번에는 내가 외조할 차례라는 생각이 들어서였다. 부담스럽기는커녕 화순에서 재를 넘고 호수가 보이는 옛길을 달릴 때는 마음에 어떤 충만감이 스며들었다. 내가 진짜 할 일을 하는 것 같아서였다. 병원에서 아내가 치료받는 동안에 나는 대기실 한쪽 구석으로 가서 책을 펴들고 읽거나 사색을 했다. 올해부터는 정형외과를 가지 않고 한의원에만 다닐 예정이다. 아내는 한의원 원장이 친절하다며 칭찬을 많이 한다. 서로 의기투합하는 것 같아서 기대를 더해본다. 심리적인 부분도 중요하기에 그렇다. 요즘 나는 행복하다. 아내의 잔소리가 점점 사랑스럽게 들리기 시작했기 때문이다.

남을 사랑하려면

세상 사람들에게 감사의 기도를 올리며 일과를 시작한다.
갑자기 한 생각이 뇌리를 스친다. 그 단상을 붙잡아본다.

자신을 사랑하거나 사랑하려고 하는 사람은 남도 사랑한다.
자신을 미워하거나 미워하려고 하는 사람은 남도 미워한다.
자신을 사랑하는 것이 어렵지, 타인을 미워하는 것은 쉽다.

무위자연이란 아무것도 하지 않고 자연에 맡기라는 뜻이 아니다.
살고 죽는 일을 작위적으로 하지 않는 자연을 닮으라는 것이다.
공과 무위자연은 마침내 한 지점에서 만나는 동의어다.

하루가
최후의 날이듯

집착은 자신을 가둬버린다

옳든 틀리든, 기쁘든 슬프든, 행복하든 불행하든 무엇에 시비, 집착하는 것은 결국 스스로 혹은 무리에 가둬버리는 자폐로 가는 길이다. 《반야심경》의 공(空)이란 그것을 경계하라는 가르침이다. 그렇다고 아무런 행위나 태도를 보이지 말라는 가르침은 아니다. 집착 없이 생각하고 살피라는 것이다. 원효스님은 이를 정사찰(正思察), 혹은 삼매(三昧)라고 했다. 삼매는 단순히 집중이나 몰입이 아니라 깨어 있음이다. 노자는 무위자연(無爲自然)이라고 했다. 무위자연이란 아무것도 하지 않고 자연에 맡기라는 뜻이 아니다. 살고 죽는 일을 작위적으로 하지 않는 자연을 닮으라는 것이다. 공과 무위자연은 마침내 한 지점에서 만나는 동의어라고 생각한다. 동쪽 바다에서 떠오르는 해와 같이 솟구친 영감이다.

유목민인가, 농사꾼인가?

가을장마가 저 아궁이에 불을 지피는 중이다. 더불어 뜬금없지만 삶의 방식을 생각해보고 있다. 미련하게 한곳에 붙박이로 사는 농사꾼 스타일이 있고, 먹이(풀)를 찾아서 끝없이 옮겨 다니는 유목민 스타일이 있는 것 같다. 물론 두 스타일이 혼재된 경우도 있겠고. 경쟁을 좋아하지 않고 민첩하지 못한 나 같은 사람은 비록 천수답일지언정 농사꾼 스타일로 사는 게 성정에 맞는 것 같다. 심신을 쉬게 한 채 따뜻한 아랫목에 누워 있는 것만으로도 행복하다.

능소화 꽃을 보면서

사립문 옆 돌담에 만개한 능소화.
우중에도 제 할 일을 해내는구나.
나만의 개화는 무언지 성찰해본다.
무엇보다 타성을 털어버려야 하리.

하늘이 부른다면

나는 내 나이를 생각할 때마다 가끔 '하늘이 부르면 가야 할 나이'라고 여기곤 한다. 대학 시절 '지도'라는 문학동인 활동을 했던 친구 중에 벌써 두 명이 유명(幽冥)을 달리했기 때문이다. 한 사람은 대구 옆의 경산에서 서울로 유학 온 강기수라는 시를 습작했던 동인인데, 감성이 아주 예민한 문학청년이었다. 부친이 사과밭을 경작했는데 그의 시 속에는 달빛과 사과 꽃이 자주 등장했다. 달이 뜬 사과밭의 묘사는 몽환적이고 서정적이었다. 시 낭송회를 하면 경상도 발음을 하여 나를 웃겼던 친구였다. 이를테면 날이 '쌀쌀하다'를 '살살하다'로, 달이 '뜨다'를 '떠다'로 낭송했던 것이다. 그러나 지금 생각하면 그 발음이 시작(詩作)의 시적 상황을 더 적확하게 낭송한 말이었다는 자각이 든다. 미당 서정주 선생의 전라도 향토언어가 오히려 시를 살려주고 있듯이.

또 한 사람은 고등학교 때 이미 시인으로 데뷔한 박주관이라는 동인이다. 그의 시 풍경은 반듯한 전원주택처럼 모던했다. 현실을 묘사하고 비판하는 시어들이 상징적이고 지적이었다. 그 친구는 서울생활을 접고 고향으로 내려와서 상호이해가 첨예하게 충돌하는 신문사 기자를 하다가 동료 시인들에게 순수한 시 정신을 의심받은 적이 있지만 그래도 문학청년 시절에는 시만 알던 친구였다. 다방을 가든, 교정의 잔디밭 광장에서든 열변을 토했다. 서울의 여러 대학 문학청년

들이 모이는 합평회에 가면 단연 돋보이는 재담가 친구였다.

두 사람이 교통사고와 암으로 생사를 달리한 지금, 그들의 시 혹은 시적 열정을 생각한다는 것이 사뭇 허망하게 느껴진다. 두 사람의 시가 실제였는지 환(幻)이었는지 그 경계가 아침 안개처럼 모호하게 다가온다. 어설픈 글을 썼다가는 훗날 그들을 만났을 때 혼이 날 것도 같다. 너는 우리보다 더 많은 시간을 지상에서 보냈는데 "고작 이런 글을 쓰려고 그랬느냐!"고 따질 듯하다. 친구이자 동인이었던 그들을 반갑게 다시 만나기 위해서라도 지상에서의 시간을 보다 치열하게 살아야 할 것 같다. 침묵의 체로 거른 명징한 글을 써서 남겨야만 그들과 재회하는 날에 덜 미안할 것 같다. 지금 당장 내가 할 일은 바로 그것이 아닐까 싶다. 이제 나도 하루를 최후의 날이듯 살아야 할 것 같다.

대나무 뿌리가
뻗어가듯 오직 쓸 뿐

친구란 나를 완성시켜주는 사람

중국 밀인사에 들렀다가 특이한 전각인 경책전(警策殿)에서 향을 사르고 위산(潙山) 선사가 지은《위산경책》한 구절을 떠올리면서 새삼 친구란 무엇인지 명상에 잠겨본 적이 있다. 누구나 자신에게 진정한 친구가 있는지 한 번쯤은 생각해보지 않을까 싶다.

먼 길을 갈 적에는 좋은 도반(道伴)과 동행하여 자주자주 눈과 귀를 맑게 하고, 머무를 때도 반드시 도반을 가려 때때로 아직 듣지 못한 것을 들어야 한다. 그러므로 속서(俗書)에도 이르기를 "나를 낳아준 사람은 부모이고 나를 완성시켜준 사람은 벗이다."라고 하였던 것이다. 착한 사람을 가까이하는 사람은 마치 안개와 이슬 속을 가는 것 같아서, 비록 당장에 옷이 젖지는 않아도 점점 촉촉하게 적셔진다.

먼 길을 갈 적에는 좋은 도반(道伴)과 동행하여 자주자주 눈과 귀를 맑게 하고,
머무를 때도 반드시 도반을 가려 때때로 아직 듣지 못한 것을 들어야 한다.

대나무 뿌리는 멈춤이 없다

산중 농부의 말인데 대나무 뿌리는 컴컴한 땅속에서 수백 미터까지 뻗어간다고 한다. 한 뼘 한 뼘 자라서 수백 미터에 이른다고 하니 놀랍다. 말 그대로 대나무 뿌리의 끈질긴 지구전이다. 우후죽순(雨後竹筍)이라는 말이 있듯 봄날의 죽순은 속도전을 펴는데, 대나무 뿌리는 계절과 상관없이 사시사철 미세하게 움직인다. 바위가 있으면 돌아가고, 도랑이 나타나면 땅속으로 내려갔다가 올라오고, 상황이 녹록지 않으면 잔뿌리를 내어 성장 시기를 살피는 등 수십 년에 걸쳐 수백 미터를 간다고 하니 경이롭기까지 하다. 천리 길도 한 걸음부터라는 인간의 속담이 무색할 정도다.

다른 일은 몰라도 나 역시 글을 쓸 때는 좌고우면하지 않는 버릇이 있다. 졸작이 됐든 수작이 됐든 대나무 뿌리가 뻗어가듯 오직 쓸 뿐이다. 후배들에게도 글을 쓰지 않는 동안에는 전(前) 자를 붙이라고 충고한다. 내가 볼 때는 전 시인, 전 소설가인 것이다.

어쨌든 나는 대나무를 좋아하여 학의 다리 같은 오죽(烏竹)과 푸른 청죽(靑竹)을 울타리 삼아 심어놓았는데, 그 아취가 귀한 꽃나무 못지않다. 비가 오면 우죽(雨竹)이 되고, 바람이 불면 풍죽(風竹)이 되고, 눈이 내리면 설죽(雪竹)이 된다. 대나무 가지가 눈의 무게를 이기지 못해 누웠다가도 아침 햇볕이 들면 기지개를 켜듯 눈을 털어내는데, 바로 그때 푸드득 푸드득 산새들이 날갯짓하는 소리가 난다. 가을인데도 벌써부터 설죽이 내는 날갯짓소리가 그립다.

호랑이에게 물릴 사람

사랑채 무염산방 아궁이에 장작불 피워놓고
등을 지지고 있으니 부러울 게 없다.
혼탁한 세상에 동문서답 같은 말이 되겠지만.

어린 시절 많이 들었던 어른들의 꾸지람 중에
가장 무서운 말은 "호랭이 물어갈 놈!"이었다.
요즘도 호랑이가 물어 가면 좋을 사람이 많다.

15센티미터는 위대하다

한 번에 15센티미터씩 움직여 꿈을 이룬 등반가의 일화가 있다.
29세 마크 웰먼은 미국 캘리포니아 주에 있는 975미터 암벽 오르기
에 성공했는데, 그의 등반이 특별한 까닭은 그가 하반신을 움직일 수
없는 장애인이었기 때문이다. 그는 1982년에 등산하다가 암벽에서
떨어져 하반신이 불구가 되었다.

그런데 그는 좌절하지 않고 끊임없는 훈련을 통해 팔의 힘을 길렀다. 하반신이 불구가 됐으니 팔의 힘만으로 암벽을 타기 위해서였다. 마침내 그는 그의 동료가 걸어준 로프를 타고 오직 팔의 힘만으로 15센티미터씩 암벽을 탔다. 40도를 오르내리는 불볕더위 속에서 9일 동안 로프를 7천 번이나 당겼다. 마침내 그는 975미터 암벽 등반에 성공했다. 기자들이 몰려와 물었다.

"하반신을 쓰지 못하는 당신이 어떻게 암벽 등반에 성공할 수 있었습니까?"

"네, 한 번에 15센티미터씩만 오른 게 성공의 비결이었습니다."

단비와 같은 인복(人福)이 없었다면 내 삶에 꽃이 피기는커녕
흑풍(黑風)이 부는 사막처럼 무미건조하지 않았을까.

행복한
우소유

된서리는
나무를 성장시킨다

만남이 인생길을 좌우한다

창호가 새벽빛으로 물결치고 있다. 아래 절에서 수런거리는 소리
가 들린다. 내 산방은 절 위 계곡에 있으므로 조그만 소리도 크게 공
명이 되어 올라온다. 아마도 템플스테이에 참가한 사람들이 해맞이
를 하러 산길을 나선 모양이다. 나는 해돋이를 보러 굳이 산정으로
가지 않는다. 내 산방 건너편 산자락에 오르면 계당산 쪽에서 떠오르
는 해를 볼 수 있기 때문이다.

계당산은 내가 은거하듯 살고 있는 화순군과 보성군을 경계 짓는
꽤 높은 산이다. 내게는 무엇보다도 인생을 사유하게 하는 산이다. 계
당산 허공의 빗방울은 화순군에서 불어가는 바람을 만나면 보성강으
로 갔다가 섬진강이 된다. 반대로 그 빗방울이 보성군에서 불어오는
바람을 만나면 화순의 지석강을 흐르다가 영산강에 섞인다. 어느 바

람과 인연을 맺느냐에 따라 빗방울의 운명이 갈리는 것이다. 인생도 마찬가지라는 생각이 든다. 사람은 누구를 만나느냐에 따라 인생길이 크건 작건 달라진다.

심혼에 불을 당겨주는 스승이나 좋은 친구 덕분에 인생길이 바뀌었다고 하는 사람들이 얼마나 많은가. 나 역시도 마찬가지다. 단비와 같은 인복(人福)이 없었다면 내 삶에 꽃이 피기는커녕 흑풍(黑風)이 부는 사막처럼 무미건조하지 않았을까 싶다.

시련은 생명을 거듭나게 한다

내 산방인 이불재는 지금 가을의 끄트머리에 와 있다. 난 초가을보다 늦가을을 좋아한다. 사람들은 머잖아 찬바람이 불 것이라고 걱정하지만 오히려 나는 매서운 찬바람을 기다리고 있다. 찬바람이 이마를 치고 가면 더없이 상쾌해지곤 한다. 내 몸이 개운하게 헹구어지는 느낌이 들어서다.

찬바람이 산중을 점령하면 활엽수들은 너나없이 나목으로 변하고 새벽녘 들판에는 수은 빛깔의 된서리가 내린다. 된서리는 나무를 죽이는 것이 아니라 시련을 통해 나무를 성장시킨다. 나뭇잎을 떨어지게 하고 수액을 뿌리로 내려가게 하여 '봄날의 부활'을 준비시키는 것이다. 생명을 거듭나게 하기 위함이다. 사람도 마찬가지다. 시련이 없는 사람에게는 영혼의 성장호르몬도 정지되는 것이 아닐까. 우리의 몸과 키의 세포에만 성장호르몬이 있는 게 아니라 영혼에도 있는 듯하다.

북향집에 사는 까닭은?

내 산방인 이불재를 찾는 손님 중에는 명당에 산다고 부러워하는 분이 있다. 수행자가 그런 말을 할 때는 실망감마저 들곤 한다. 그때마다 나는 한마디 해준다.

"터가 사람 덕을 봐야지 사람이 꼭 터 덕을 보고 살아야 되겠습니까? 저는 풍수를 별로 좋아하지 않습니다. 양지건 음지건 누가 어떻게 사느냐가 중요한 것이 아니겠습니까?"

사실 나는 내 산방의 터를 잡을 때 일부러 경치를 참고하지 않았다. 경치가 빼어나면 사람들이 몰려들어 내 산방을 어지럽힐 것 같아서였다. 내 산방은 오르기 힘든 작은 산과 여름에 발도 담그기 힘든 얕은 개울 사이에 있다. 경치라고 내세울 만한 것이 하나도 없는 것이다.

게다가 내 산방은 햇볕이 잘 들지 않는 북향집이다. 계곡 아래에 있는 천년고찰을 날마다 내려다보는 것이 무례할 것 같아서 옹색하게 북향으로 앉혀버린 것이다. 법정스님께서 가정방문을 오시어 왜 북향집을 지었냐고 물으셔서 "아래 천년고찰을 내려다보기가 무례한 것 같아서 북향으로 돌렸습니다."라고 하자 "잘했어요. 밑을 내려다보고 지었으면 쌍봉사 경비초소지 뭐." 하시면서 웃으셨다. 그런데 북향집이 내게 주는 행운도 있다. 절 옆의 도로에서 들려오는 자동차 소음이 내 산방 앞쪽으로 지나쳐버린다. 그래서 북향인 내 산방은 산중 선방처럼 조용하다. 이러한 고요야말로 글 쓰는 작가에게 주는 최고의 선물이 아닐까.

비록 몸은 산중에 있어도

이른바 '자연인' 이야기가 눈에 많이 띈다. 유튜브를 보면 여기저기 떠다닌다. 그런데 산중으로 들어가 산다고 모두 자연인일까? 산중에 살면서도 도시 생활의 습관을 버리지 못한 유사자연인(類似自然人)이 대부분이다. 술을 마신다거나, 낚시하며 살생을 즐긴다거나, 작은 생명에게 칼질을 서슴없이 한다거나 등등이다. 몸은 청산(靑山)에 있지만 마음은 저잣거리에 머물러 있는 것이나 다름없다. 반대로 몸은 비록 저잣거리에 있지만 마음은 청산을 품고 사는 사람도 많다. 그런 사람이야말로 진정한 자연인이 아닐까. 자연의 섭리대로 사는 사람이니까.

나는 20년 전에 남도 산중으로 들어온 이후 술, 담배는 전생의 일

몸은 비록 저잣거리에 있지만 마음은 청산을 품고 사는 이들이 많다.
그런 사람이야말로 진정한 자연인이 아닐까.
자연의 섭리대로 사는 사람이니까.

처럼 멀어져버렸다. 또한 저절로 완전한 채식주의자가 됐다. 고기를 먹으면 몸에 두드러기가 날 정도로 고통스럽게 변해버린 것이다. 하지만 3, 4년 전부터 외국 취재를 다니면서 어쩔 수 없이 기력을 유지하기 위해 아내의 강권으로 육식을 약처럼 드문드문하게 됐다. 유럽에 가서 한 달간 입에 맞는 것이 없어서 단식하듯 하며 이탈리아의 고성(古城)이나 단테, 베토벤, 모차르트, 프로이트, 슈베르트, 리스트, 카프카 등의 박물관을 돌아다니다가 귀국했는데, 결국 영양실조로 쓰러져 병원 응급실에 실려 갔던 경험이 있기 때문이었다. 아무튼 저잣거리의 노래방이나 술집은 아예 생각도 나지 않는다. 고성방가나 술주정은 연상만 해도 끔찍하다.

그렇다고 저잣거리와 절연하고 사는 것은 아니다. 저잣거리의 슬픈 소식이 들려오면 나도 가슴이 아프다. 내가 사는 지구 반대편의 난민들 이야기도 마찬가지다. 거꾸로 내가 행복해야 남도 행복해진다는 논리도 성립된다. 내가 행복해져야 할 이유다. 그러고 보면 인간은, 생명은 한 뿌리에서 생겨난 가지나 이파리와 같다는 생각이 든다. 이를 불가(佛家)에서는 연기법이라 할 것이다. 이것이 있으므로 저것이 있고, 이것이 소멸하므로 저것이 소멸한다는 영원한 진리를 나 역시 산중생활을 하면서 거듭거듭 절감하고 있다.

입 속에서 연꽃이
피어나리라

서는 곳마다 주인공이 되라

돌아가신 서옹스님께 세배를 하러 장성 백양사에 간 적이 있다. 스님께서는 세뱃돈과 붓글씨 한 점을 주셨다. 스님께서 직접 쓰신 '수처작주 입처개진(隨處作主 立處皆眞)'이란 붓글씨였다. '서는 곳마다 주인공이 되고 진리의 땅이 되게 하라.'는 뜻이다. 그런데 이를 온몸으로 보여주신 분이 바로 부처님이라는 생각이 든다. 부다가야의 보리수 아래서 싯다르타 태자가 정각을 이루어 부처님이 되셨던 바, 이 장면에서 주인공은 보리수가 아니라 부처님이다. 부처님이 탄생하여 보리수가 유명해진 것이지 보리수가 유명하여 부처님이 탄생하신 것은 아니다. 그뿐만 아니라 불교라는 깨달음의 종교가 비로소 생겼으니 부다가야부터 진리의 땅이 된 것이다. 부다가야는 '붓다의 가야'이다.

날빛이 푸르게 푸르게 물결쳐 오는 새벽의 된서리가
수은 빛으로 빛나고 있다. 우주의 영혼이 있다면
바로 수은 빛이 아닐까 싶을 정도로 고요하고 아름답다.

날빛이 푸르게 푸르게 물결쳐 오는 새벽의 된서리가 수은 빛으로 빛나고 있다. 우주의 영혼이 있다면 바로 수은 빛이 아닐까 싶을 정도로 고요하고 아름답다. 적요(寂寥)가 극에 달해서 그 은빛이 비밀스러운 심도(深度)를 지니는지도 모른다. 그런데 최근에 깨달은 자각이 하나 있다. 우주의 영혼에도 된서리와 같은 독이 있지 않을까 하는 생각이다. 장미에 가시가 있듯이.

자비와 사랑이 세상을 구원한다

"이기적인 수도자는 진정한 수도자가 아니다." "사랑의 구체적인 표현이 덕이다." "수도자는 풍부하게 소유하는 것이 아니라 풍성하게 존재하는 자이다." "침묵은 내면의 통로를 열어준다."라는 법정스님의 말씀에 공감하지 않을 수 없다. 육조 혜능스님도 "침묵하라. 그리하면 입속에서 연꽃이 피어나리라."라는 말씀을 남겼다.

난세에 영웅 난다는 금언이 있다. 나는 이 금언을 '난세에 참 종교 난다.'로 바꾸어 부르고 싶다. 코로나 바이러스 창궐로 국가적 재난 상황이므로 더 그렇다. 왕조 시대 전염병 역사는 참혹했다. 원인을 알 수 없는 역병이 돌면 마을을 불 지르고 병자들은 깊은 산중에 버려졌다. 그러나 더불어 사는 삶을 공동체의 지고지순한 가치로 여기는 현대사회에선 1급 전염병 환자를 국가가 책임지고 돌본다. 작금의 코로나 바이러스 형국도 마찬가지다.

천주교와 불교 단체가 방역당국에 협조하여 미사나 법회를 연기하기로 결정했다는 소식은 기쁘고 한 가닥 위안을 준다. 종교가 자기 신도 속에서만 존재한다면 그것은 이기적인 집단일 뿐이다. 사랑과 자비라는 기독교와 불교의 핵심 사상에도 벗어난 일이다. 불교 최대 종단인 조계종에서 '부처님 오신 날' 행사를 한 달 뒤로 미루었다고 하니 흐뭇하다. 부처님이 지금 오신다고 해도 그런 결정을 내리셨을 것이다. 부처님 시대에 살았던 유마거사는 "중생이 아프니 나도 아프다."라고 했다.

나는 이런 재앙 속에서도 위대한 우리 민초들 때문에 가슴이 먹먹할 지경이다. 미국, 일본 등 이른바 선진국 국민들의 사재기가 눈살을 찌푸리게 한다. 우리는 어떤가? 사재기를 부끄러워한다. 염치없는 짓이라고 꺼린다. 슈퍼마다 생필품이 그대로 진열돼 있다. 절대 부족한 마스크 때문에 잠시 불편하고 애를 태웠을 뿐, 콩 한쪽도 나눠 먹는 국민성이 발현되고 있다. 전국에서 의사와 간호사 들이 대구로 달려갔고, 전남, 광주에서는 맛깔스런 달빛(달구벌-빛고을 준말) 무료도시락을 날마다 경북으로 공급했다. 또한 대구의 환자들을 광주로 불러 치료했다. 퇴원한 대구 환자 가족은 광주에서 살고 싶다며 감사의 편지를 보내기도 했다. 국난 때마다 들풀처럼 산지사방에서 일어났던 의병들의 부활이 아닐까 싶다.

그런데 집단예배로 코로나 바이러스 확산이 현실화되고 있는 이

시점에서 일부 교회 목사들이 "주일예배를 하지 않으면 교회가 존재할 이유가 없다."고 항변한다는 TV 뉴스를 접하고 나니 몹시 우울하고 어처구니가 없다. 종교가 무엇인지 그 존재 이유를 묻지 않을 수 없다. 공동선(共同善)을 외면한 종교가 역사적으로 어떻게 부침했는지 잘 알고 있기 때문이다. 불교가 한때 인도에서 소멸한 까닭은 이슬람왕조의 오랜 탄압도 큰 이유였지만 수행자들이 공동체 정신을 멀리한 탓도 작지 않았던 것이다.

법정스님께서는 타 종교인과 끊임없이 관계를 맺었다. 다른 종교를 거울삼아 불교의 본질을 깨닫고자 하는 의지에서였다. 스님의 친구 중에는 가톨릭원주교구 장익 주교님이 계셨고, 김수환 추기경님과는 길상사와 명동성당을 오가며 강론과 법문을 주거니 받거니 했다. 퀘이커 교도인 함석헌 선생과 강원룡 목사와는 반독재투쟁 전선에 함께 나섰다. 이해인 수녀님은 불일암을 직접 오르셨다. 이처럼 스님은 다른 종교인들과 대화하고 탁마하셨다. 기독교와 불교의 공통분모적인 가르침을 찾아보고 종교의 본질과 수도자의 참모습이 무엇인지를 살펴보셨던 것이 아닌가 싶다.

벽 하나만
무너뜨리면 허공

나의 훈장은 불교전문작가

나는 10대에 학교, 가족, 사회 등 제도화된 것이면 무엇이든 반항하는 질풍노도의 시기를 보냈다. 나를 위로하는 것은 실존주의 사상이나 문학이었다. 어른들은 나를 부적응아라고 불렀을지 모른다. 20대에 나는 세상의 모든 고민을 혼자 끌어 안고 있는 것처럼 오만상을 찌푸리고 다녔다. 습작한 작품들의 주제는 대부분 고발과 저항이었다.

30대 초반에 나는 법정스님, 서암스님 등 고승을 친견하면서 불교에 물들기 시작했다. 대학 시절 불교학생회 때도 불교를 접했지만 그 무렵에는 십우도의 소를 찾아 나선 '심우(尋牛)의 시기'였다고 할까. 뼛속으로 불교가 스며든 것은 30대 초반이다. 이후 욕심도 사라지고 명예를 바라는 공명심 같은 것도 녹아 없어져버렸다. 친구들은 문학

내 나이도 일흔. 무슨 글을 쓰느냐 못지않게
남은 인생을 어떻게 사느냐가 더 절실해진 듯하다.
어둑한 새벽에 거실에서 뒤뜰 장독대를 보면서 잠깐 상념에 잠긴다.

적 날개를 달고 화제작을 발표할 때마다 신문지상에서 날았다. 나는 그러려니 덤덤했다. 내 직장생활이 만족스러우니 더 무관심했을 것이다.

그러다가 내 나이 46, 47세 때 중앙일보에 '암자로 가는 길'이란 인생에세이를 매주 1년간 연재하면서 사람들이 나를 부르기 시작했다. 암자가 내 이름을 호출했다고나 할까. 1998년 10월에 민음사에서 발간한 성철스님 일대기 장편소설(전2권)이 독자들에게 큰 사랑을 받았다. 폭발이란 표현이 적확할 것이다. 하루에 8천 권씩 민음사 창고에서 전국 서점으로 나갔으니까.

일간지 신문기자들이 나의 이니셜을 불교전문작가라고 붙였다. 처음에는 생경했지만 지금은 내 정체성을 세상에 알려준 것 같아 훈장처럼 고맙게 여기고 있다. 이제 내 나이도 일흔, 무슨 글을 쓰느냐 못지않게 남은 인생을 어떻게 사느냐가 더 절실해진 듯하다. 어둑한 새벽에 거실에서 뒤뜰 장독대를 보면서 잠깐 상념에 잠겼다.

마음의 주인이 되라

달마대사는 말했다. 마음이란 좁기로 말하면 바늘 하나 꽂을 자리가 없고, 넓기로 말하면 허공 같다고 했다. 마음이 좁아진다는 것은 마음에 휘둘린다는 뜻이고, 마음이 넓어진다는 것은 마음의 주인이 되어 있다는 뜻이 아닐까. 그대는 지금 마음에 휘둘리고 있는가, 아니면 마음의 주인으로 살고 있는가. 마음의 주인이 된다는 것은 무슨 의미일까.

달마대사는 여러 수행 중에서 인연을 따르는 수연행(隨緣行)을 깨달음의 경지로 들어가는 최상의 문(門) 가운데 하나라고 했다. 모든 인연을 거스르지 않고 다 받아들이는 것이 수연행인데, 허공 같은 마음이 아니고서야 불가능하지 않을까 싶다. 마음의 벽 하나만 무너뜨리면 허공인데!

눈보라도 고맙다

화목난로 덕분에 따뜻한 새벽을 보내고 있다. 연못을 얼게 한 새벽의 살얼음 같은 공기가 나는 고맙다. 잠시만 밖으로 나가 있어도 정신이 번쩍 든다. 밤새 동사하지 않은 새벽의 별빛도 또록또록 차갑게 내 눈에 든다. 내 산방은 평지보다 혹독한 추위를 주는 대신 흐릿한 정신을 투명하게 깨워준다. 얼마나 고마운 일인가.

어젯밤 언뜻언뜻 비치던 눈발은 야구경기에서 보는 작전 중에 '히트 앤드 런'을 연상케 한다. 지금은 자취를 감추었지만 어느 순간 창궐할지 모른다. 한번 횡횡하면 하늘과 땅이 흰빛 일색이 돼버린다. 거기에다 광풍이 몰아치면 내가 살아 있다는 존재감이 더 든다. 고독해

질수록 더 그렇다. 그렇다고 고립은 아니다. 저잣거리에서 안부를 물어오는 사람들이 있고, 나 역시 그들의 안부가 궁금해지는 것이다. 이런 날 차 맛은 나를 충만케 한다. 차가 지닌 맛을 오롯하게 느낄 수 있다. 한 잔의 차가 나의 실존을 명명백백하게 증명해준다. 지갑은 늘 가볍지만 더불어 살아 있다는 것 자체가 기적이고 행복이란 자각이 든다.

생가 터에서

양극단을 초월하면서도 초월하지 않은 깨달음의 중도(中道)에 미치지는 못하더라도 세상 시류의 물결이 거세더라도 양극단에 휩쓸리지 않는 중용(中庸)의 도리는 밥 삼아 글 쓰는 작가의 선의지(善意志)라는 이름으로 지키고 싶다. 나의 태가 묻힌 자리, 생가 터가 재 하나만 넘어가면 있다. 오늘 새벽에 '생가 터'에 대한 단상이 떠올라 몇 줄 적어봤다.

세상의 모든 어머니가 거룩하시듯
나에게 위대한 분은 오직 어머니다
하늘의 신조차도 부정하지 못하리
나는 바람재마을 이 터에서 태어났다

어머니는 맑은 꿈속에서 벼 익는
가을들판 용샘을 보고 나를 낳으셨다
검푸른 용샘에는 순한 물고기들이
용띠아기 탄생을 너울너울 축복했다
젊은 날 어머니는 내게 말씀하셨다
내 꿈속 가을들판은 세상 사람들에게
누런 벼 향기같이 살라는 네 운명이다
용샘 물고기들은 널 지켜줄 이웃이다
어머니 꿈으로 소설가가 되었나 보다
그래, 한 문장이라도 함부로 쓰지 말자
늙은 어머니의 오래된 꿈 흩트리고
내 인생 남은 길에 허물 짓는 일이니까

모든 종교가 들어 있는 것 같은 모자(母子)의 눈

여행은
깨달음이다

너무나도 완벽한 모자의 조화

남인도 케랄라주 무나르 차밭 산자락을 넘으면서

조그만 시골 마을에서 우연히 만난 모자(母子).

이보다 더 거룩하고 완벽한 종교는 없을 것이다.

모자의 티 없이 맑은 눈에 나도 모르게 시선이 간다.

숨기는 것 하나 없다. 진실하고 자애로울 뿐이다.

모자의 맑은 눈 속에 이 세상 현존하는 모든 종교의

교주들 말씀이 구구절절 다 녹아 들어 있는 듯하다.

우리말의 뿌리를 찾는 네팔과 인도 여행

네팔 카트만두에서 어렵게 소개를 받아 만난 석가족 부디스트 슈라즈 씨, 나를 안내한 가이드 네팔 네와리족 힌두교 신자 하리 씨, 동이족인 나. 슈라즈와 나는 몽골리안으로서 생김새가 어딘지 많이 비슷하다. 아빠, 엄마 등등 우리말과 네팔의 히말라야(수미산) 산자락 사람들의 말, 혹은 티베트 말, 부탄 말과 흡사한 점을 종종 발견하고는 놀란 적이 있다.

우리말 근원은 우리가 학교에서 배운 바 있는 우랄알타이어가 아닐지도 모르겠다. 몇만 년 전에 히말라야 어느 지역[옛날 총령(葱嶺)으로 불린 파미르고원]에서 같은 말을 사용하고 살았는데 민들레 홀씨가 퍼지듯 인연 따라 집단으로 이동한 것이 아닐까 하는 의혹이 들곤 한다.

총령에서 총은 파나 마늘, 령은 산이름이다. 그러니 마늘이나 파가 나는 고원이라는 뜻이다. 실제로 파미르고원에 가면 지금도 그곳 사람들은 마늘밭과 파밭을 일구고 산다. 단군신화에서 곰이 먹고 사람 되는 것의 매개체는 마늘이다. 히말라야에서 이동한 집단들은 마늘을 먹고 산다는 어떤 공통분모가 있는 듯싶다. 사람이 되려면 마늘을 먹어야 한다는 것이다.

파미르고원에서 발원하는 인더스강의 문명을 일으킨 드라비다족이 사는 남인도에도 우리말과 비슷한 타밀어가 수도 없이 많았다. 엄마나 아빠는 기본이고 팽노리(팽이놀이) 등 노리(놀이)는 완전히 같았고,

남인도 여행 중 스리미낙시 힌두사원에서 만난 참배객

심지어 경상도 향토언어 궁디(궁뎅이)까지 있었다. 유사어가 무려 1천 개가 넘는다 하는데 나도 직접 듣고 놀랐다. 신라 4대왕 석탈해(대장장이 우두머리)가 떠난 남인도 나가파티남 항구와 허 왕후가 떠났을 것으로 짐작되는 첸나이 해변의 아요디아 꾸빰(마을)을 답사하는 도중에 드라비다족 현지인들로부터 확인했다. 전라도 향토언어 거시기, 머시기도 있었다. 요즘 나의 관심사는 우리말과 범어(고대 산스크리트어)의 연관성이다. 한글 창제의 비밀 열쇠 같은 것을 찾고 있다. 학자가 아니라 상상력을 허락받은 작가이기에 가능한 일일 것이다.

춤으로 기도하는 부탄의 무희

첫눈이 오면 공휴일이 된다는 부탄에 갔을 때
불교사원 푸나카종 보리수 앞에서 만난 무희(舞姬).
푸나카종을 순례 온 그녀는 자신의 춤을
가족과 세상을 위해 소박하게 공양하고 있었다.
춤은 그녀의 수행이고 기도라는 생각이 들었다.
나는, 내가 하는 일도 절절한 수행이고 기도인지
잠시 스스로 의문에 휩싸이지 않을 수 없었다.
거대한 보리수 이파리들이 신성한 기운을 내뿜었다.

춤으로 기도하는 부탄의 무희

남인도 칸치푸람의 한 사원에서

남인도 칸치푸람이 그립다

붉은색 터번을 쓴 드라비다족을 사원에서 만났다.

내가 붉은색 터번을 부러워하자

그가 잠시 내게 자신의 터번을 씌워주었다.

내 모습이 우스꽝스러웠는지 아내가 크게 웃었다.

나도 웃고 말았지만 여행이란 그곳 사람들과

소통하는 것이라는 생각이 든다.

칸치푸람, 얼마나 우아한 도시 이름인가.

칸치는 황색가사, 푸람은 도시라는 뜻이다.

황색가사를 입은 수행자들로 넘쳐났다는 데서

유래한 도시 이름 칸치푸람이다. 너무도 시적인

혹은 영감이 솟구치는 도시 이름이 아닌가.

무슬림이 불상을 파는 비엔나

오스트리아 비엔나에서 2주간 머무는 동안

슈베르트 생가를 찾아가는 중에 우연히 발견한 불상(佛像)가게.

가게를 들어서는 순간 내 눈을 강렬하게 사로잡은

불상이었으므로 나는 즉시 구입해버렸다.

오스트리아 비엔나 무슬림 가게에서 구한 부처상

여주인은 히잡을 머리에 두른 무슬림이었는데
불상가게를 하고 있어 조금 의아했다.
며칠 후 알아보니 비엔나 사람들에게
미소 짓는 불상을 가정에 들이는 게 유행이었다.
피를 흘리는 예수상보다 미소 짓는 부처상을 보면
마음이 더 편안해진다는 것이 이유였다.
또 부처님은 인류의 스승인데 거리낄 것이 없다고 말했다.
한국의 속 좁은 종교인들이 새겨들으면 좋을 것 같은,
대부분 기독교 신자인 비엔나 사람들의 당당한 발언이었다.
그리고 보니 내가 보름 동안 머물렀던 숙소에도
관세음보살상이 있었는데, 물론 주인은 성당 안의 꽃꽂이를
혼자 다 할 만큼 신심이 돈독한 기독교 신자였다.

상트 플로리안 수도원의 도서관

비엔나에서 승용차로 3시간 거리에 있는
상트 플로리안 수도원 안의 역사와 지리 관련 도서관.
나는 이처럼 아름다운 도서관을 다시는 보지 못할 것 같다.
전무후무하다는 말이 적확한 표현일 것 같다.
역사와 지리 책만 5만여 권을 보유한 도서관인데,

책꽂이와 책상은 붉은빛이 감도는 호두나무 널판자였다.
수리할 때 좀벌레 한 마리 나오지 않았다고 하니
몇백 년을 내다보고 지은 도서관임에 틀림없다. 인간이 남긴
하나의 예술품이라는 생각을 지울 수 없었다.
내 직업 때문인지 중세의 상트 플로리안 수도원 안에 있는
그 어떤 성물이나 조각품, 파이프오르간,
작곡가 안톤 브루크너의 지하 대리석관, 해골 무더기보다도
장엄한 도서관의 위용에서 발길을 떼지 못했다.
지금도 그 거룩한 도서관이 종종 떠오르곤 하는데,
산방 이불재의 내 서재는 한없이 초라하고 군색하기만 한다.

상트 플로리안 수도원의 역사, 지리서적 도서관

인연

사랑방에
법정스님을 모시다

법정스님이 계시는 사랑방

사랑방에 나의 스승이신 법정스님 사진을 모셨다. 스님의 맏상좌 덕조스님이 소장한 것을 복사한 사진인데, 나는 법정스님의 내면을 이보다 잘 표현한 흑백사진을 본 적이 없다. 나는 필름을 인화하고 액자 두 개를 제작한 뒤, 하나는 내 사랑방에 모시고 또 하나는 불일암 덕조스님에게 갖다드렸다. 사진 앞에는 스님께서 인도에 가셨다가 간디기념관에서 선물로 사 오신 세 마리 원숭이상(像)을, 또 아내가 장작가마에서 구워낸 백자연꽃 연적을 향꽂이 대용으로 놓았다.

세 마리 원숭이는 손으로 각기 다른 모습을 하고 있다. 한 마리는 손으로 입을 가리고 있고, 또 다른 한 마리는 손으로 눈을 가리고 있고, 나머지 한 마리는 손으로 귀를 가리고 있다. 스님께서 불일암에 갔을 때 내게 주시면서 설명하셨다.

원숭이가 손으로 입을 가린 것은 나쁜 말을 하지 말고,
눈을 가린 것은 나쁜 것을 보지 말고,
귀를 가린 것은 나쁜 소리를 듣지 말라는 뜻이다.

원숭이가 손으로 입을 가린 것은 나쁜 말을 하지 말고, 눈을 가린 것은 나쁜 것을 보지 말고, 귀를 가린 것은 나쁜 소리를 듣지 말라는 뜻이라고. 그때 나는 스님의 말씀을 반대로 바꾸어 마음에 새겼다. 입은 좋은 말을 하라고 있고, 눈은 좋은 대상을 보라고 있으며, 귀는 좋은 소리를 들으라고 있는 것이니 매사에 언행을 조심하라는 뜻이 아닐까 싶어서였다.

스님께서는 사랑방 이름인 '무염산방(無染山房)'을 한자로 써주시면서 스님다운 재치를 부리셨다. 오른쪽에서 쓰시다가 왼쪽 공간이 점점 좁아지니까 뫼 산(山)의 상형문자 봉우리를 두 개만 그리셨다. "왜 봉우리를 두 개만 그리십니까?" 하고 묻자, "아래 절 이름이 쌍봉사이니 그렇소." 하며 웃으셨다. 또한 일부러 낙관을 찍지 않으셨다. 낙관을 찍는 것은 자기 글씨 자랑하는 거와 같다고 말씀하셨다.

사람들은 나에게 낙관을 받았어야 가치가 더 올라갔을 거라고 말하지만 내 생각은 다르다. 자기질서를 지키는 스님의 치열한 정신을 보는 듯해 낙관이 없으므로 오히려 더 보배롭다.

산방 돌아오는 길

하늘에 희부연 날빛이 남아 있다. 그런데 하늘에 떠 있는 구름 한 조각을 보고는 놀라고 만다. 그 형태가 영락없는 느낌표다. 뒤에 앉은

내 손에는 아직 금속성의 서울 냄새가 묻어 있다.
사립문을 만진 산중 사람의 손이 아니다. 손을 바꾼다.
내가 우물물에 손을 씻는 것이 아니라 우물물이 내 손을 찬찬히 씻어준다.
잠시 후에는 벽장 속의 이불이 산방으로 돌아온 나를 부드럽고 자애롭게 덮어줄 터이다.
늘 변함없이 묵묵히 그래왔으니까. 천지간의 모든 유무정물에 감사하지 않을 수 없다.

아내에게 알려주었지만 피곤해서인지 별로 반응이 없다. 태어난 이후 느낌표 형상의 구름을 본 것은 처음이다. 작고 희미한 형상이 아니라 크고 또렷하다. 이윽고 느낌표 구름의 왼쪽에 초승달이 보인다. 초승달은 어둠 속에서 점점 더 예리해진다. 하늘에 떠 있다기보다 노란 청동의 파편이 박혀 있는 것 같다. 한참을 물끄러미 보고 있으니 내 가슴에도 비수처럼 꽂힌다. 초승달이 나를 보자마자 소통하자고 와락 몸을 맡긴 것은 아닌지 의아하다.

내가 없는 사이에 아랫마을 농부가 대나무와 편백나무로 만든 사립문으로 바꿔 달아놓았다. 사립문을 열고 내가 산방으로 들어가는 것이 아니라 산방이 나를 반갑게 맞아주는 것 같다. 나를 손님의 위치에 놓고 보니 모든 것이 나를 위해 존재하는 듯해서 고마울 따름이다. 1박 2일 동안 산방을 지켜준 행운이가 컹컹 격하게 짖는다. 제시간에 산책을 못 했으니 억울했던 모양이다. 행운이가 머리를 내밀면서 쓰다듬어달라고 한다.

내 손에는 아직 금속성의 서울 냄새가 묻어 있다. 사립문을 만진 산중 사람의 손이 아니다. 손을 바꾼다. 내가 우물물에 손을 씻는 것이 아니라 우물물이 내 손을 찬찬히 씻어준다. 잠시 후에는 벽장 속의 이불이 산방으로 돌아온 나를 부드럽고 자애롭게 덮어줄 터이다. 늘 변함없이 묵묵히 그래왔으니까. 천지간의 모든 유무정물에 감사하지 않을 수 없다.

베토벤 영성이 내 마음에

월안 이상훈 감독의 배려로 아내와 함께 아시아문화전당 예술극장의 손열음 피아노 콘서트에 다녀왔다. 구면인 MBC 음악감독의 안내를 받아 연주자 대기실로 가서 선물 받은 CD에 아내는 손열음 피아니스트의 사인을 받았다. 1시간 30분 동안 연주를 했음에도 밝은 모습으로 맞아준 손열음 피아니스트의 겸손한 태도에서 거장의 그림자가 어른댔다.

베토벤 연주곡은 클래식에 문외한인 내게는 생소하고 낯설었지만 또 다른 의미의 베토벤을 만난 듯해 나름 의미를 찾았다고나 할까, 특히 클래식 마니아인 아내가 행복해하고, 드문 저녁 외출인데도 피곤해하지 않아서 더욱 다행이었다. 내 귀로 들어온 베토벤의 영성이 내 마음 어느 곳엔가 저장되었을 것 같은 느낌이 어렴풋이 들었다.

이뿐만 아니라 연주곡을 듣는 동안 나는 오스트리아 비엔나 거리를 걷고 있는 듯한 착각에 빠졌다. 오스트리아 비엔나에서 교포이자 클래식뮤직 기획사 IMK 권숙녀 회장의 초대를 받아 그녀의 별채에서 15일 동안 머물 때 그 거리가 바로 '베토벤거리'였다. 아닌 게 아니라 숙소에서 5분 거리에 베토벤이 운명했던 건물이 있었다. 거기서 내 시선을 끌었던 것은 베토벤이 시(詩)를 좋아했다는 사실이었다. 베토벤이 "좋은 시는 나라의 보석과도 같다."라고 했던 말이 흥미로웠다. 베토벤의 교향곡들이 왜 시적인지 의문을 품고 있었는데, 지금 생각해보면 시를 좋아했던 그의 취향이 반영된 것이 아닐까 싶다.

고요를 배우고 가십시오

내 산방인 이불재를 소개한 EBS 방송을 본
안성에 사는 치과 의사분이 첫 번째로 편지를 보내왔다.
주소가 틀렸지만 '이불재'라는 집 이름이 맞아서
우체부가 고맙게도 전해주고 갔다.
편지 내용 중에 인상적인 구절이 있어
모든 이들에게 공개하고 나도 다시 한 번 생각해본다.
'자연 속에서 외로움이 친구가 되고
그 외로움을 일상(日常)으로 받아들인다는 말씀에
일본의 어느 도예가처럼 스산하되 외롭지 않고
고요하되 무료하지 않은 경지,
유적(幽寂)의 미학(美學)과도 같아 공감하였습니다.'
그윽한 고요란 뜻의 유적이란 말을 혼자서 좋아했는데,
또다시 상기시켜주시어 고맙다는 말을 전해드리고 싶다.

부탄에 갔을 때였다. 내가 부탄 주민에게
"부탄에서 무엇이 볼 만합니까?" 하고 묻자,

그는 내게 "부탄의 고요를 배우고 가십시오."라고 말했다.

그 말을 듣는 순간 나는 또 한 명의 친구를 얻은 느낌이었다.

내가 사는 산방 역시 고요가 특산물인 것이다.

만남에
감사드립니다

선도 악도 버려라

부산에서 1박 2일을 보내고 돌아왔다. 안국선원 선원장 수불스님
을 뵙고 24일 오후 3시 30분부터 5시까지 인터뷰를 했다. 사진은 유
동영 작가가 맡았다. 선원에서 저녁공양을 한 뒤에는 범선거사 아내
인 보광운 보살님이 운영하는 다림원으로 가서 차담을 나눴다. 범선거
사 부부는 내가 해외여행을 떠날 때마다 늘 함께 동행하는 분들이다.

나는 여행할 때마다 범선거사 부부를 보면서 의상대사께서 설한
《법성게》에 나오는 '일즉일체(一卽一體) 다즉일(多卽一)'을 느끼곤 했
다. 하나가 전체[一體]요 전체가 하나라는 뜻이다. 범선거사 부부가
여행의 무리에 자연스럽게 녹아 있으면서도 여행을 즐기는 모습은
하나인 듯 개성적으로 도드라졌다.

아내가 원하기에 온천수가 나오는 농심호텔에서 유동영 사진작가

부부와 1박을 한 뒤 25일 오전 9시부터 12시까지 다시 수불스님을 인터뷰했다. 드라마틱한 얘기를 많이 들었다. 얘기 중에서도 특히 가슴을 먹먹하게 한 것은 스님의 도둑질(?)이었다. 범어사 행자 시절에 도둑질을 두 번 했다고 고백했다.

한번은 행자 한 사람이 공양을 못한 채 얼굴이 누렇게 떠 행자들의 동의하에 복전함에 든 돈을 훔쳐 공양주 보살을 시켜 장어국을 먹이게 했고, 또 한번은 공양주 보살이 영양실조에 걸렸을 때 중국집으로 데리고 가 특식을 먹이고 남은 돈을 다 주어버렸다는 것이다. 스님은 도둑은 도둑일 뿐이니 변명할 생각이 없다고 말씀하셨지만 나는 또 다른 생각을 했다. '도둑은 나쁘다.'라는 편견에 사로잡혀 있었구나 하는 그런 자책이었다.

육조 혜능대사가 왜 '선(善)도 악(惡)도 버리라고 했을까?'에 대한 의문이 조금 가셨다. 편견이나 독선이 자신의 눈을 찌르는 가시가 될 수 있음을 깨달았다. 인터뷰를 끝내고 광주로 오는 남해고속도로로 접어들었다. 그러나 나는 운전을 해준 사진작가 유동영 씨에게 다시 돌아가 범선거사 부부와 작별하고 가자고 설득했다. 30분쯤 후 다시 다림원으로 들어가자, 범선거사가 웃는다.

"그냥 가셨으면 제 차로 쫓아갔을 낍니데이."

어제 꼭두새벽 3시에 일어나 수불스님과 무량심 보살님으로부터 들은 얘기를 소재 삼아 2백자 원고지 30매쯤 동화 한 편을 집중해서 썼다. 제목은 '독사로 인연 맺은 스승과 제자'로 정했다. 무량심 보살님이 암자 풀밭에서 수불스님에게 스승이 되어달라고 절할 때 고개를 쳐든 독사가 두 사람 앞을 그냥 지나갔다는 얘기다.

나를 깨어줄 수탉

수탉 한 마리를 월헌 김천국 선생이 내게 선물했다.
어느 식당에 갔는데 장닭 조각품이 내 눈을 사로잡았다.
꼭두새벽에 홰를 치는 모습이었다.
내가 사려고 하자, 월헌 선생이 먼저 값을 지불했다.
순간 선물이 되고 말았다.
날마다 저 수탉이 나를 꼭두새벽에 깨워줄 것만 같다.
문득 선물이 갖는 무게가 백두산만 해진 듯하다.

염라대왕 편지

설날인데도 하루 종일 허리가 아플 정도로 글을 썼다. 일부러 눕지 않고 게으름을 피우지 않았다. 군대생활 할 때처럼 이부자리도 꼭두새벽에 각지고 반듯하게 개고, 신축년(辛丑年) 달력도 거실과 서재에 무슨 의식을 치르듯 거룩하게 걸었다. 거실의 달력은 펜화가 김영택

화백께서 보내준 것이고, 서재의 달력은 송광사 수련원장 현묵스님께서 보내준 것이다.

마침 폭설이 내려 손님들도 오지 않았다. 대신 신년인사 전화만 몇 통 받았다. 이제 내 나이도 일흔, 인사 받을 나이가 된 것이다. 나이 먹는다고 더욱 지혜로워지는 것은 아니다. 귀밑머리가 하얘졌다. 작년 12월 13일 송광사에서 한중 화상세미나 때 주제 발표자로 나간 적이 있는데, 몇 년 만에 뵌 송광사 현봉 방장스님께서 "정 작가도 이제 흰머리가 보이네!" 하면서 웃으셨다.

선가(禪家)에서 흰머리는 염라대왕이 저승에서 부르는 편지라고 한다. 흰머리가 많을수록 염라대왕 편지를 많이 받았다고 보면 된다. 그러니 잘 살 것인지, 못 살 것인지는 각자의 몫이다. 못 살고 저승에 간다면 염라대왕이 신발값부터 청구한다고 한다. 나는 헛걸음질을 많이 하여 신발값을 얼마나 낼지 자못 신경이 쓰인다.

내가 명절에 놀지 않고 글을 쓰는 것은 돌아가신 천재작가 최인호 선생의 말씀을 듣고 나서였다. 최인호 선생께서 나에게 "찬주야, 나는 명절이 되면 글을 더 많이 쓴다. 명절이라고 해서 놀면 그게 프로냐? 아마추어지." 고등학교 때 신춘문예에 당선한 천재작가가 타고난 문재(文才)에다 노력까지 없으니 독자들의 사랑은 그냥 얻어지는 것이 아니구나 싶었다. 금상첨화(錦上添花), 비단 위에 꽃을 얹는 격이라고도 할 수 있었다.

최인호 선생이 살아생전에 내 산방 이불재에 들렀을 때 선물로 가지고 오신 것이 벽시계였다. 왜 벽시계였을까? 시간을 낭비하지 말라는 뜻이 있었으리라. 그래서인지 집 안 어느 시계보다도 나는 최인호 선생이 선물한 벽시계를 하루에도 몇 번씩 본다. 나 자신에게 스스로 '시간을 낭비하고 있지 않은지?' 묻는 것이다. 암으로 마지막 시간을 정리하고 계실 때 전화를 드렸더니 "니 목소리를 들으니 그리움이 솟구친다!"라고 하셨는데, 이제는 내가 최인호 선생을 그리워하고 있음이 분명하다. 내게 "니 문체는 불교와 너무 어울린다."라고 영감을 주셨던, 문학적 방황을 멈추게 해준 천재작가 최인호 선생이 그립다.

동백처럼 열반의 꽃이 피어나리

안국선원 선원장 수불스님과 신도회장 무량심 보살님, 보림사 주지 일선스님께서 오전 9시 40분쯤 눈길을 무릅쓰고 부산에서 오시어 오후 1시쯤 가셨다. 부산은 좀체 눈이 내리지 않는 도시여서 위험한 '눈길 만행'은 처음이라고 하신다. 내가 우려낸 차로 차담(茶談)을 2시간 이상 나누고, 아내가 쑨 떡국을 공양 받고 또다시 차를 한잔 하신 뒤 일어나셨다. 수불스님께서 금강경, 반야심경, 화엄경 등을 말씀하셨고 나는 귀담아 경청했다. 선교(禪敎)를 회통한 선사로서 도인이란 생각이 절로 들었다. 미국학술원 회원 로버트 버스웰 박사에게 화두를 주어 간화선 공부시킨 얘기가 인상적이었다. 떡국을 맛있게 드신 일선스님은 도업(道業)을 이루기 위해 음식을 먹는다는 오관게(五觀偈)를 실천하고 계신 듯해서 거룩해 보였다.

산중에서 있는 듯 없는 듯 사는 한미한 작가를 찾아주신 호의에 감개가 무량하다. 법향(法香)을 남기고 가신 스님께 무엇으로 보답할지 깊이 생각 중이다. 특히 80세가 넘으신 무량심 안국선원 신도회장님께서 아내를 아껴주시는 마음이 눈에 보이는 듯했다. 눈에 갇힌 이불재에서 꿈같은 시간이 몰록 흘러갔다. 따뜻하고 실다운 시간이 쌓여서 유적(幽寂), 그윽한 고요 속에 가라앉아 있다가 어느 생의 순간에 폭설에도 피어난 동백꽃처럼 '열반의 꽃'으로 피어나지 않을까 싶다.

나를 스친
비단 같은 인연들

뜻밖의 선물, 39개의 촛불

희유한 사건이다. 오늘이 결혼 39주년 기념일이지만 폭설로 산길
이 얼어붙어 밖으로 나갈 엄두를 못 내고 있는데, 부산에 사는 독자
두 분이 케이크와 빵을 사서 찾아왔다. 물론 두 분이 우리 부부의 결
혼기념일을 알 턱이 없지만 말이다. 김광섭 사장은 내 책을 보고 지
리산 도솔암을 한때 매주 두 번씩 오르면서 불자가 되었다고 한다.
하종하 사장은 내 책을 여러 권 읽었는데 오늘 뵐 줄 몰랐다며 감격
한다.

두 분은 유쾌한 차담을 나누고 돌아갔다. 나는 사인해서 책을 선물
했다. 김 사장이 답례로 신간이 나오면 책을 구입해 지인들에게 선물
하겠다고 하는데, 그 마음이 고마울 뿐이다. 두 분이 떠난 뒤 아내는
식탁 위에 케이크를 꺼내놓은 뒤 그 위에 39개의 초를 꽂아놓고 불을

컸다. 어둑어둑하던 방이 환해졌다. 촛불이 켜지는 순간 마치 마술로 순간이동을 하듯 신산하고 핍진했던 39년이 짧게 흘러갔다. 촛불을 끄고 나서야 아내와 나는 김치와 김이 놓인 밥상을 마주했다. 순간 '눈물은 위해서 아래로 떨어지고 수저는 아래에서 위로 올라간다.'는 누군가의 말이 떠올랐다. 눈물의 시간도 수저의 수고가 있었기에 삶에 거름이 되는구나 싶었다. 그것도 성찰이라면 성찰이었다.

경사가 넘쳐야 할 사람

남도 산중으로 은거한 지 20여 년이 됐다.

최동기 씨는 그 무렵 처음 사귄 지인 중에 한 사람이다.

그때나 지금이나 변함없는 심성을 보니

그와의 우정이 눈을 감을 때까지 갈 듯하다.

해외여행을 가도 그가 있으면 마음이 편안해진다.

형으로 불러달라고 해도 굳이 선생님으로 모시겠단다.

희유한 일임에 분명하고 더없이 소중한 지인이다.

그래서 나는 그에게 남은 인생에 경사가 넘치는,

혹은 경사가 넘쳐야 할 사람이 되기를 바라는 마음으로

'경헌(慶軒)'이라는 호를 지어주었다.

묻노니, 그대에게 이런 친구가 있는가, 없는가?

호를 지어 선물하다

저녁 무렵에 산책하면서 산이나 계곡물을 무심코 보다가 걸음을 멈출 때가 있다. 문득 나 홀로 잘 살아서 하루가 무사히 지나가는 것 같지 않다는 자각(自覺) 때문이다. 곧바로 자각은 상념으로 이어진다. 고마운 인연들이 떠오른다. 나와 관계를 맺고 있는 인연들이다. 누에 고치에서 뽑은 명주실이 씨줄 날줄로 엮어져 비단이 되는 것과 흡사하다. 나를 스친 인연들에 의해 단층처럼 쌓인 사연들이 내 삶의 밑거름이 되었다가 훗날 에너지로 분출하지 않을까 싶다.

우리 지역에 현재 거주하는 사람들 중에도 내 책 애독자가 여러분 있다. 나는 신간이 나오면 가장 먼저 이분들에게 선물한다. 이분들의 공통점은 모두 내가 호를 지어주었다는 점이다. 이분들의 좌장인 동아다스코 한상원 회장에게는 홍인(弘人), 하이글로벌그룹 윤형관 회장에게는 복산(福山), 세종병원 구제길 회장에게는 덕헌(德軒)이라고 호를 지어주었는데, 내가 소설《광주 아리랑》을 집필하기 전에 뜻밖의 난관으로 낙심했을 때 이분들이 물심양면으로 후원해주고 응원한 일도 있다. 구제길 회장은 큰 병원을 운영하고 있어서 덕(德)으로 환자들을 돌보라는 의미로 덕헌(德軒)이라고 했다. 여기서 헌(軒) 자는 일반적으로 집이란 글자이지만 몸이란 뜻도 있다. 그러니 덕헌은 덕인(德人)인 것이다. 내가 이분들에게 신간을 선물하는 성의는 정리(情理)나 도리상 너무도 당연하다.

반면에 독서운동 차원에서 책을 구매하는 고마운 분들도 있으니 다음과 같은 지인들이다. 순천에 사는 조진수 아우님에게는 청안(清安)이란 호를 지어주었는데, 그 역시 신간이 나올 때마다 수십 권씩 구입해 사인을 받아갔다. 지인들에게 나눠주는 책이야말로 최고의 선물이라고 한다.

성품이 대쪽 같은 박영기 아우님에게는 송헌(松軒), 연못물처럼 맑고 넉넉한 박형우 선생에게는 인담(仁潭), 이창열 선생에게는 다제(茶弟), 김천국 선생에게는 월헌(月軒), 이헌식 선생에게는 무진(無盡), 김두환 선생에게는 동천(東泉)이란 호를 주었던 바, 이분들도 역시 내 신간을 들고 이불재로 달려오기 일쑤였다. 특히 시적 재능을 가진 무진과 역사의식이 투철한 동천은 20년 동안 그때나 지금이나 변함이 없으니 이것을 인복(人福)이라 하는지 모르겠다.

나는 호를 지을 때 나름대로 기준이 하나 있다. 작명소 주인처럼 바로 짓지 않고 며칠 동안 그 사람을 머릿속에 담고 지낸다. 호가 그 사람과 계합(契合), 즉 맞아떨어져야 하기 때문이다. 한상원 회장의 경우는 '육영사업을 하고 싶은 꿈이 있다'고 해서 3일 동안 궁리하다가 홍익인간을 줄여서 홍인(弘人)이라고 지었다. 그랬더니 보름 만에 전화가 왔다. 호를 받고 꿈을 이뤘다며, 나주에 있는 영산중고등학교를 인수했다고 알려왔다. 그때 나는 내 일이 성취된 듯 기뻤다.

나와 홍인 한상원 회장을 연결시켜준 사람은 정현인 전 진도 부군수이다. 독실한 불자인 정현인 아우님이 어머니를 여의었을 때 조문

객들에게 내 장편소설《천강에 비친 달》을 나누어주었던 바, 책을 읽고 감동받은 한상원 회장이 나에게 전화를 해서 만났던 것이다. 정현인 아우님이 조문객들에게 책을 나눠주었던 것도 아주 드문 일이 아닐까 싶다. 나는 정현인 아우님에게 '때를 아는 사람이 되라'는 뜻으로 시중(時中)이라는 호를 지어 선물했다.

이창열 선생은 다제(茶弟)라고 했는데, 본인이 차를 좋아하고 보성읍에 사시는 어머니가 차를 직접 덖으신다는 얘기를 듣고 그렇게 지었다. 다(茶) 자에 아우 제(弟) 자를 보탠 것은 그의 성품이 겸손해서였다. 이불재를 자주 오는 지인 분들 중에서 은근히 내 마음을 끄는 호는 김천국 선생의 월헌(月軒)이다. 선생의 자애로운 인품을 반영했는데, 보름날 동산에 떠오르는 달 같은 분이 김천국 선생이다. 호를 이야기하자면 한이 없을 것 같다. 내가 호를 지어준 분만도 1백여 명이 넘으니 말이다. 오늘은 여기서 멈춰야겠다.

작가로서 애독자가 있다는 것은 더없이 행복한 일이 아닐까. 바람찬 세상에서 신산한 길을 동행한다는 느낌이 들어 든든하다. 소나무 한 그루는 독야청청 돋보이기는 하지만 고독하다. 소나무도 끼리끼리 모여 사는 습성이 있다는 얘기를 나무박사로부터 들었다. 그래서 군락지를 자연스럽게 형성했을 터. 나무는 숲을 이뤄야 비로소 완미해진다. 한 생(生)으로 그치는 것이 아니라 영원을 살게 된다. 사람도 마찬가지다. '나'라는 단수가 아닌 '우리'라는 복수가 되어 살아야 한다. 부처님은 무소의 뿔처럼 홀로 가라고 했지만, 나는 이분들이라면 남은 생을 함께 갈 것 같은 예감이 든다.

가을이 떠나야 첫눈이 내리겠지요

지난주에 방송된 EBS 〈건축탐구-집〉에서 내 산방 이불재 편을 보고 많은 분들이 문자를 주셨는데 인상적인 몇 분의 글만 그대로 소개해 본다. 밤 10시부터 50분쯤 방송하는 프로인데 그 시간에 시청했다는 것이 신기하다. 단잠을 자라고 별이 반짝이는 것은 아니겠지만 나는 그 시간이면 잠자는 2평짜리 아늑한 방에 들어가 있을 때이다. 그분들의 진심 어린 육성을 내 책에 남기기 위해 보내온 그대로 기록해둔다.

이불재 집 영상을 통해 잘 보았습니다.
자연도 아름답지만 두 분의 모습이 더 아름다웠습니다.
때로는 인간이(인간도 자연의 일부이지만)
자연보다 더 아름다울 때가 있다는 것을 깨닫습니다.
가을의 떠남이 아쉽지만
가을이 떠나야 첫눈이 내리겠지요.
좋은 글 많이 쓰시는 가운데
늘 평안하시길 기도합니다.

_ 정호승(시인)

방송 잘 봤습니다.

정선생님이 어떻게 사시나 궁금했는데

화면으로나마 궁금증을 풀었습니다.

사람들은 다 자연을 말하지만

실천에 옮기긴 쉽지 않은데

정말 장하십니다.

부처님 가피 속에서 꿈꾸고 계신

작품 완성하시길 빕니다.

항상 청안하십시오.

_ 남지심(소설가)

이불재를 보니 작가님과 추억이 떠오릅니다.

아늑하고 조화된 느낌이 너무 인상적이었습니다.

(마당을 가꾸지 않고)

내버려두니 자연이 민들레 꽃밭을 선사했다는

말씀 멋지십니다.

(그러고 보니 무위자연이네요)

_ 김호철(변호사)

선생님 안녕하세요?

너무 좋아 (EBS 홈피 들어가서) 두 번 봤습니다.

이불재가 영혼의 집이지만 공(空)이라는 말씀

가슴에 와닿네요.

불의 심판을 받은 사모님의 도자기 작품들도 궁금합니다.

편안한 저녁 보내십시오.

_ 정현상(신동아 기자)

곱빼기 밥의 정情

중국 도자기 한 점을 전남 신안군 출신 서양화가 정찬경 형님한테서 선물 받아 거실 이층장에 올려놓으니 더 어울린다. 올해 78세이신 문중 형님께서는 죽으면 누구나 빈손으로 가는데, 살아생전에 주고 싶은 사람에게 주어야지 하고 선뜻 가지고 나오셨다. 10년 전만 해도 주지 못했을 거라며 값은 묻지 말라고 하셨다.

홍익대 다니며 자취하실 때 김환기 화백 댁에 12시 30분까지 가면, 사모님이 배고프면 그림 못 그린다고 항상 곱빼기 '머슴밥'을 주셨다고 회상하셨다. 김환기 화백 가족이 미국으로 들어가기 전인 1년 동안이나. 그처럼 베푸는 마음이 내게까지 전해진 듯하다. 김환기 화백과의 인연은 같은 신안 출신이기도 하지만 요절한 형이 당시 서울 중앙고를 다녔는데 김환기 화백 1년 후배였다고 한다. 얼마나 친했으면 두 사람이 흑백 기념사진을 찍었겠냐며 지갑에서 꺼내 보여주셨다.

일제강점기 당시 신안의 섬에서 목포로 나오려면 돛단배로 5시간이 걸렸다고 한다. 또 목포에서 서울까지 가는 데 호남선 열차를 타고 또 얼마나 걸렸을지 생각하면 형님의 아버지가 자식을 어떻게 길렀는지 숙연해진다. 돌이켜보면 그런 모습이 우리 모두의 아버지상이 아닐까 싶다. 나도 인생의 스승이신 아버지 은혜가 수미산 같다. 오늘은 차를 우려 담아 아버지 산소에 올려야겠다. 아버지가 살아생전에 술보다는 차를 좋아하셨기 때문이다.

고향의 계곡물 같은 시인

싸락눈 내리듯 은강 이남섭 시인의 〈사의재〉라는 제목의 시가 메일로 와 있다. 내 장편소설 《다산의 사랑》을 열독 중이신 듯하다. 〈다정가〉를 노래한 고려시대의 문신 이조년의 후손이신데 조선시대 선비 같은 분으로 나오는 지음(知音) 사이다. 군더더기의 말은 절제하고 시를 음미해본다.

> 1801년 茶山이 강진으로 유배 오던 첫날
> 유배지는 차가운 싸락눈이 내리고 있었다.
> 낯선 땅 모두 중죄인이라며 외면할 때
> 따뜻한 국밥 말아주며 뒷방까지 내주었던 밥집

할멈, 숨은 이야기 다산의 사랑*으로 깨어난다.

유배의 실의에 빠진 다산 정약용이

주막집 노파의 한마디에 낡은 허물을 벗고

겸상을 청했다던 저잣거리 사의재(四宜齋)

농사꾼 장사꾼을 함께 제자로 삼아 강학했던 곳

그곳에 가면 여전히 다산이 살고 있다.

*정찬주 장편소설《다산의 사랑》내용과 제목을 인용

　이남섭 시인은 서재필 박사가 태어난 가내마을이 고향이신 분이다. 가내마을 앞으로 흐르는 계곡물은 곧 보성강이 된다. 강이 되는 가내마을의 숨은 계곡물처럼 항상 청량한 기운을 전해주는 분 같아서 나는 이남섭 시인에게 은강(隱江)이라는 호를 선물했다.

아름다운
무소유

소중한 사람은
지금 만나는 사람

나눔은 인간으로 돌아가는 길

작년 12월 5일 부산 안국선원에서 만난 인도 첸나이 TVS그룹 베뉴 스리니바산 회장과의 만남도 오래도록 내 뇌리에서 지워지지 않을 것이다. 인도에서 세 번째 부자라고 하니 지금까지 내가 만난 기업가 중에서 최고의 거부(巨富)였다. 자가용 비행기로 부산에 온 스리니바산 회장을 만난 것은 수불스님이 주선해서였다. 스리니바산 회장은 몇 년 전에 수불스님께 삼배의 예를 갖추고 난 뒤 제자가 되었다고 한다. 아무튼 나는 오전 9시부터 오후 2시까지 수불스님과 안국선원 신도회장인 무량심 보살님 그리고 스리니바산 회장 일행과 동선을 함께하며 많은 이야기를 나누었다.

스리니바산 회장이 불교와 인연을 맺은 까닭은 어머니의 영향이 컸다. 어머니의 스승은 달라이 라마와 함께 티베트를 넘어온 삼동린

나눔을 깊이 생각했다.
자비와 사랑을 구체화한 나눔이 본래 인간으로 돌아가는 길이라는 깨달음이 들었다.
상대를 존중하는 나눔이야말로 궁극적으로는 자기 구원이라는 자각이 사무쳤다.

포체였다. 브라만으로서 힌두 신자인 스리니바산 역시 삼동린포체의 법문을 듣고 마음의 평화를 찾았다고 내게 말했다. 그러면서 힌두 사두와 삼동린포체, 수불스님께서 울타리가 되어 삿된 기운이 자신에게 다가오는 것을 막아준다고 고백했다. 몇 년 전 수불스님을 범어사에서 처음 만났을 때 마음속에 햇살 같은 평화로운 빛이 가득했다고 회상했다. 그런 영적인 체험을 한 뒤 수불스님이 범어사 선방에 들어갔다가 나오라고 해서 그렇게 했는데, 처음에는 그 의미를 몰랐지만 3년 뒤에야 마음의 문을 열고 들어가 마음부처[心佛]를 찾으라는 것인 줄 깨달았다고 고백했다.

　스리니바산은 카르마[業]를 많이 얘기했다. 수불스님을 만난 것도 카르마요 기업이 흥하는 것도, 어려워지는 것도 카르마라고 했다. 이 부분에서 나는 아침저녁으로 무념무주(無念無主)의 명상을 한다는 그가 수행자로 여겨졌다. 특히 그의 기업경영 목적이 기업의 사회화에 있다고 하므로 부럽기조차 했다. 불가의 말로 표현하자면, 그의 회사는 모든 이웃을 이롭게 하는 요익중생(饒益衆生)의 사회적 기업이었다. 그는 자신이 벌이고 있는 요익중생 프로젝트를 전생에 진 빚을 갚는 것이라고 표현했다. 현재 인도의 130개 힌두사원을 보수 수리했고, 제일 큰 두 개의 사원은 세계문화유산이 됐단다. 가난한 인도인 380만 명에게 일자리를 만들어 생계를 해결해주고 있는데, 목표는 500만 명이라고 한다. 그들 중에는 무슬림, 기독교 신자, 힌두와 불교 신자가 있는데 자신은 종교에 대한 편견은 없다고 했다. 부처님도 모든 사람을 사랑하셨고, 인간은 본래 평등한 존재가 아니냐고 내게 되물었다.

그를 만나고 아내와 함께 산방으로 돌아오는 길에 나는 나눔을 깊이 생각했다. 자비와 사랑을 구체화한 나눔이 본래 인간으로 돌아가는 길이라는 깨달음이 들었다. 상대를 존중하는 나눔이야말로 궁극적으로는 자기 구원이라는 자각이 사무쳤다. 개인적으로는 참사람이 되는 자기구원의 길이고, 사회적으로는 인간다운 세상을 만들어나갈 21세기 혹은 미래의 삶에 대한 최상의 대안 가운데 하나가 아닐까 싶었다. 그런데 물질을 많이 가진 자만이 베풀고 나눌 수 있는 것은 아닐 터였다. 가난한 사람도 따뜻한 마음만 있으면 베풀고 나눔이 가능할 것 같았다. 친절한 말씨, 다정한 눈매, 정다운 얼굴, 배려하는 태도 등도 열린 마음의 나눔일 것이기 때문이었다.

작가인 나는 내 산방을 찾아오는 손님들에게 주로 내 저서를 선물한다. 내가 사는 산중마을의 농사꾼 이장에게 고생한다며 내 소설책을 주었다. 그는 중학생 시절 학급문고에 있던 이광수와 황순원의 소설을 다 읽었다며 책 선물을 너무 좋아했다. 그러고 보니 나누는 사랑의 행위는 누구에게나 나름대로의 몫이 있을 것 같다.

이웃 돕는 트럼펫과 목탁

나보다 먼저 간 이호중 화가 이야기다. 이호중의 흔적은 내 산방 곳곳에 남아 있다. 거실에는 부모의 초상화와 풍경화 소품, 식당 방에는 상큼한 딸기 그림이 날마다 내 식욕을 돋워주고 있다. 유독 세밑에 화가 후배가 생각나는 것은 그의 독특한 연말 보내기 때문이다. 화가 후배는 연말이 되면 광화문 지하도로 나가 구세군 자선냄비 옆에서 트럼펫을 불곤 했다. 기타와 트럼펫을 전문가 수준으로 연주했던 화가 후배는 재능 기부를 그처럼 멋들어지게 했다. 후배는 자선냄비 옆에서 트럼펫을 불기 위해 구세군에 가입했다고 내게 말한 적이 있다.

내가 아는 한 노스님에게 들었던 얘기도 잊히지 않는다. 노스님은 연말이 되면 대구 번화가의 구세군 자선냄비 옆으로 가서 복전함을 앞에 놓고 목탁을 치며 염불했다고 한다. 첫날에는 구세군 측에서 항의했지만 이튿날부터는 노스님의 진심을 알고는 한 식구처럼 행동했다는 사연이다. 노스님은 그날그날 복전함에 들어온 성금을 구세군 자선냄비에 말없이 미소를 지으며 기부하곤 했던 것이다.

가고자 하는 길은 다르지만 화가 후배나 노스님의 순수한 마음결은 같지 않았을까 싶다. 종교를 초월한 노스님의 행동이나 선의지(善意志)로서 재능을 기부했던 화가 후배를 떠올리는 것만으로도 지금 이 순간 가슴이 따뜻해진다. 자신의 기부를 신문 방송에 드러내놓고 자랑하는 사람들이 많지만 자신의 이름을 밝히지 않고 선행에 동참하는 이들도 결코 적지 않으리라.

김수환 추기경님과 일타스님

김수환 추기경님을 길상사에서 뵌 적이 있다. 추기경님이 법정스님의 초대로 길상사 극락전에서 강론하는 날이었다. 추기경님의 행동은 굼떴다. 행동이나 말이 느릿느릿했다. 그런데 왠지 일거수일투족에 믿음이 갔다. 더욱이 마음씨 좋은 시골 훈장 같은 얼굴은 사람을 끌어당기는 매력이 있었다. 그러고 보니 미남 미녀만 매력이 있는 것은 아니었다. 미남 미녀가 눈을 부시게 하는 햇살이라면 추기경님의 얼굴은 온화한 달빛 같았다.

보통 사람들이 어디에 의지하고 싶어지는지는 자명하다. 자애로운 달빛이 아닐까 싶다. 강가의 바위가 강물에 부드러운 형태로 바뀌듯 수행자는 기도와 정진으로 자애롭게 바뀌는 것 같다. 불가에서 자비보살이라 불리던, 상좌들에게 단 한 번도 화를 낸 일이 없었던 일타스님이나 김수환 추기경님을 보면 그런 생각이 든다. 김수환 추기경님의 생가가 있는 군위에 갔던 일이 엊그제 같다.

일타스님이 내게 주신 휘호는 불일증휘(佛日增輝)였다. 내 식대로 풀자면 '부처님의 진리를 더욱 빛나게 하라'인데 불교적인 산문과 명상의 글을 쓰는 내게 합당한 휘호가 아닐까 싶다.

보통 사람들이 어디에 의지하고 싶어지는지는 자명하다.
자애로운 달빛이 아닐까 싶다. 강가의 바위가 강물에 부드러운 형태로 바뀌듯
수행자는 기도와 정진으로 자애롭게 바뀌는 것 같다.

내 가슴에 영원한 톨스토이의 말

만남이 중요하고 사람이 소중한 것은 백번 강조해도 지나침이 없을 듯하다. 중학교 2학년 때 톨스토이의 《인생독본》을 읽었는데 다 잊다시피 했지만 한 구절만은 50여 년이 지난 지금까지도 말뚝처럼 내 가슴속에 남아 있다.

이 세상에서 가장 소중한 시간은 지금 이 순간이고,

이 세상에서 가장 소중한 사람은 지금 이 순간 만나는 사람이고,

이 세상에서 가장 소중한 일은 지금 이 순간 만나는 사람에게 사랑과 기쁨을 주는 일이다.

사랑과 기쁨을 주는 일이 이 세상에서 가장 소중한 일이라는 톨스토이의 말에 이의를 제기할 사람은 아무도 없으리라. 중국의 임제선사도 이와 비슷한 말씀을 남겼던 것이 기억난다.

지금 이 순간 만나는 사람에게 사랑과 기쁨을 주는 일이
이 세상에서 가장 소중한 일이다.

심혼에
불을 당겨준 선지식

 불일암 오솔길을 오르며

지난 2월 3일 불일암에 다녀왔다. 감로암 쪽으로 가는 지름길로 가지 않고, 일부러 산 아래서 올라가는 가파른 오솔길을 택했다. 삼나무가 쭉쭉 뻗은 이른바 '무소유길'이었다. 80년대 초만 해도 한 사람이 겨우 다닐 수 있는 좁은 산길이었다. 산길이 너무 희미해 다른 산길로 접어들어 고생한 사람들도 적잖았다. 스님께서 헷갈리기 쉬운 지점에 암호처럼 'ㅂ' 자 밑에 X를 쓴 말뚝을 박아놓았을 정도였다. 불일암 가는 산길이 아니니 들어서지 말라는 뜻이었다.

스님들 말로는 '오솔길'이란 오소리가 통통한 배를 밀고 다니면서 만든 길이란다. 무소유길을 오르면서 오소리에게 감사의 말을 전해본다. 나는 동행하는 아내와 정현상 씨에게 불일암과 광원암으로 갈라지는 길목에서 예전에 스님에게 들었던 이야기를 전해주었다.

지금은 억새가 보이지 않지만 80년대 초에는 억새가 장관을 이루던 골짜기였다. 아마도 여름 휴가철이었을 것이다. 큰절 송광사에서 오르고 있었는데, 스님이 갑자기 걸음을 멈추더니 말씀하셨다.

"무염거사, 저 누런 억새를 좀 봐요. 누렇게 죽은 억새인데 쓰러지지 않고 있어요. 파란 새끼 억새가 다 클 때까지 버팀목이 되어주고 있는 거지요. 새끼 억새가 다 자라면 그제야 넘어지지요. 억새를 보면 자연의 모성(母性)이 느껴져요. 억새를 흔들리는 여자의 마음이라고 하는데, 그게 아니에요."

강가에서 자라면 갈대, 산에서 자라면 억새가 된다. 대중가요 중에 '으악새 슬피 우는' 가사가 있는데 '으악새'는 새가 아니라 억새를 말한다. 양력으로 2월 19일이 법정스님 입적 10주기 날이다. 우리는 스님 입적 10주기가 생각나 불일암에 오르고 있었다. 내 소설《소설 무소유》에 밝힌 적이 있지만 스님께서는 현장스님 모친인 4살 위 외갓집 누나가 병문안을 와서 "스님이 돌아가시면 어디에서 또 만날 수 있습니까?" 하고 묻자, "불일암으로 오세요."라고 했다. 불일암에 가면 스님을 만날 수 있을 것이다. 스님의 유골이 묻힌 후박나무뿐만 아니라 스님의 혼을 여기저기서 만날 수 있을 터였다.

불일암은 단순한 암자 그대로 변함이 없었다. 법정스님의 유지가 덕조스님에 의해 그대로 지켜지고 있었다. 위채와 아래채, 우물, 그리고 대나무 세면실, 재래식 정랑 등 달라진 것이 하나도 없었다. 큰절 규모로 변해가는 다른 암자와 달리 소박하고 정겨웠다. 물신(物神)의

선택한 가난이야말로 맑은 가난, 즉 청빈(淸貧)이라고 말씀하셨던
스님의 가르침이 문득 떠올랐다.
불일암은 작아서 아름답고 가난해서 맑았다.

손이 범접하지 못하는 청정공간의 암자였다. 선택한 가난이야말로 맑은 가난, 즉 청빈(清貧)이라고 말씀하셨던 스님의 가르침이 문득 떠올랐다. 불일암은 작아서 아름답고 가난해서 맑았다. 승속을 불문하고 최고 최대를 지향하는 사람들은 한 번쯤 무엇이 진정한 아름다움인지 되돌아봐야 할 것 같다. '작은 것이 아름답다'는 에른스트 슈마허의 금언은 여전히 유효했다.

불일암 작은방인 수류화개실에서 덕조스님이 우려주는 차를 마시며 들은 얘기다. 덕조스님은 불일암에서 10년째 머물고 있는데, 스님과 늘 함께하고 있다는 생각이 들어 스님 입적이 실감나지 않는다고 얘기한다. 찾아온 사람들이 9주기니 10주기니 말들을 하지 자신은 스님을 시봉할 때 첫 마음 그대로란다. 법정스님이 출타하셨다가 돌아오는 날은 아침 한 나절 동안 큰절과 불일암 사이의 오솔길을 빗자루로 쓸었단다. 무심코 비질하면서 마음을 닦지 않았을까? 그것도 수행 가운데 하나가 아니었을까 하는 생각이 든다. 스님은 차담을 하면서 10여 년 전으로 거슬러 올라간다.

길상사 주지로서 절을 운영하려면 많은 경비가 들었다. 그래서 하루는 덕조스님이 길상사에 납골당을 지어 운영하자고 법정스님께 말씀을 드렸다.

"스님, 절 살림을 하다 보니 경비가 많이 들어갑니다. 신도들에게 보시 받지 않고 안정적으로 살림할 수 있는 방법을 하나 찾아냈습니다."

"무엇이오?"

"납골당을 조성하면 절 살림을 안정적으로 할 수 있을 것 같습니다."

"그래요? 그럼 연구를 한 번 해봐요."

덕조스님은 납골당을 운영하는 일본 사찰을 다녀왔다. 천주교 성당에 있는 납골당도 여러 군데 살펴보았다. 그 결과 칙칙한 분위기의 납골당이 아니라 세련되고 밝은 분위기의 예술 감각이 돋보이는 납골당을 짓기로 하고 설계도 작업까지 마쳤다. 마침 투자자까지 생겨 절에서는 경비를 들이지 않고서도 조성할 수 있었다. 그런데 어느 날 강원도에 계시던 스님이 오셨다. 스님이 덕조스님을 불렀다.

"납골당 조성, 없던 일로 하시오."

"예? 설계도까지 다 나왔는데요. 투자자도 생겼고요. 왜 없던 일로 합니까?"

"절에 돈이 생기는 일이니까."

절에 돈이 없어서 주지스님이 아이디어를 내고 시작한 일인데 이제 돈이 생길 것 같으니 없었던 일로 하자는 법정스님의 벼락같은 말씀이었다. 덕조스님은 황망했지만 은사스님의 말을 따랐다. 바로 모든 계획을 놓아버렸다. 길상사를 개원할 때부터 법정스님은 가난한 절을 지향하셨기 때문이었다.

열두 살 아이가 그린 빠삐용 의자

길상사 행지실에 가면 법정스님 유물을 관람할 수 있다. 스님의 손때가 묻은 것들만 엄선해서 전시하고 있다. 유물 중에는 소품인 '빠삐용 의자' 그림도 있다. 미국에 사는 내 조카 김미리가 열두 살 때 그린 그림이다. 얼마나 정성을 들여 그렸는지 고사리 같은 손가락에 습진이 생겼다고 한다. 그 그림을 나에게 보내왔는데, 나는 스님께 선물하고 조카에게 또 그려달라고 부탁하여 두 번째 그림은 지금 내 산방에 있다. 스님께서 영화 〈빠삐용〉을 보시고 그 감동의 힘으로 불일암 뒷산의 굴참나무를 베어 만드셨던 의자가 바로 '빠삐용 의자'다. 한국계 미국인인 내 조카는 미국 로드아일랜드 디자인스쿨을 졸업한 뒤 현재는 그림만 그리는 전업화가다.

영화 얘기가 나왔으니 하나만 더하겠다. 스님과 함께 본 영화 중에 잊히지 않는 영화가 있다. 〈서편제〉를 종로 단성사에서 조조 프로그램으로 보았는데, 스님께서는 영화가 시작된 지 5분부터 끝날 때까지 손수건을 꺼내 눈물을 닦으셨다. 영화 속의 여주인공을 명창으로 키우기 위해 눈을 멀게 하는 장면에서부터였다. 나는 영화관을 나와 스님께 물었다.

"스님, 슬프세요? 눈물을 너무 흘리십니다."

"무염거사, 쓸데없는 소리 말아요."

스님은 퉁명스럽게 대답하면서 멋쩍게 웃으셨다. 아마도 속가에

스님께서 영화 〈빠삐용〉을 보시고
그 감동의 힘으로 불일암 뒷산의 굴참나무를 베어 만드셨던 의자가
바로 '빠삐용 의자'다.

두고 온 여동생이 생각나 그러셨거니 하고 나는 짐작할 뿐이었다. 실제로 스님께서는 속가에 동복 여동생이 하나 있었다.

스님은 아무 잡지나 신문에 원고를 쓰시지 않았다. 그런데 원고 청탁을 거절하지 못하는 곳이 있었다. 여성단체 기관지나 〈여성신문〉이었다. 살뜰하게 대해주지 못했던 속가 어머니와 여동생이 생각나서 차마 잡아떼지 못하셨다. 그렇게라도 해야 미안함이 덜어져 마음이 가벼워진다는 말씀을 내게 하신 적이 있다.

스승이 없는 시대의 스승

법정스님의 선생님은 누구였을까? 첫 번째 스승은 두말할 것도 없이 부처님이었을 것이다. 그 밖에 또 누가 있을까? 스님이 의지하신 스승은 책이 아니었을까 싶다. 스님은 내게 몇 권의 책은 꼭 가까이 하라고 권유하셨다. 거창한 고전이거나 관념적인 철학서가 아니라 스님께서 차를 마시듯 사랑하셨던 책들이었다. 생텍쥐페리의《어린 왕자》, 소로우의《월든》, 신채호 선생의《신채호 전집》, 함석헌 선생의《뜻으로 본 한국역사》등이었다.

어느 스님이 미국여행을 간다고 인사하자, 스님께서 보곤 했던 《신채호 전집》을 선뜻 주시면서 "어머니가 문둥이여도 버려서는 안 되듯이, 내 나라가 아무리 썩고 잘못됐다고 하더라도 잊어서는 안 된

다.”고 당부하셨다. 스님께서는 함석헌 선생의《뜻으로 본 한국역사》
도《신채호 전집》못지않게 마음으로 음미하면서 사색하고 영향을
받으셨다.

스님께서는 반독재투쟁 대열에 섰던 봉은사 다래헌 시절에 함석헌
선생을 따르고 흠모하셨다. 다만, 서울의 한 야외에서 함석헌 선생이
허연 턱수염을 휘날리면서 갈비를 뜯으실 때는 스님의 입장에서 보
기에 사뭇 민망했다고 내게 술회하신 적이 있다. 그러나 이는 승속의
차이이니 함석헌 선생의 허물이라고 볼 수는 없을 것 같다.

스승이 있다는 것은 행복한 일이다. 학교라는 울타리를 벗어나 나
이 들면 스승도 잊히기 일쑤다. 부탄을 여행하면서 부러웠던 전통 중
에 하나는 부탄 사람들은 누구나 스승을 한 분씩 인연 맺고 산다는
것이었다. 스님 한 분을 스승 삼아 평생 수시로 상의하고 의지하며
사는 모습이 몹시 인상적이었다.

나에게도 문학의 스승이 한 분 계신다. 올해 82세이신데, 내가 소설
을 연재하면 매번 전화나 문자로 촌평을 보내주셨다. 틀리거나 아쉬
운 데를 지적하신다는 느낌보다 나는 아! 하고 영감을 받을 때가 많
았다.

엊그제 연재소설《광주 아리랑》을 끝내고 전화통화를 하다가 선생
님께서 눈이 안 좋아 수술을 기다리고 계시다는 사실을 알았다. 내가
사는 산중 부근에는 눈에 좋다는 블루베리 재배 농가가 서너 집 되는
데 그중에서도 가장 정직하게 관리하는 농부에게 3킬로그램을 사서

스승이 있다는 것은 행복한 일이다.
학교라는 울타리를 벗어나 나이 들면 스승도 잊히기 일쑤다.

선생님 댁에 보내드렸다. 마침, 의식했던 것은 아닌데 '스승의 날'이 다가오고 있었다. 나의 은사님은 나에게 개결한 문학정신과 글의 품격을 가르쳐주신 동국대학교 전 총장 홍기삼 문학박사님이시다.

수녀원에서 집필하는 작가

태백산맥 문학관 관장 위승환 씨를 만난 적이 있다. 그분이 오늘 조정래 선배님이 벌교에 온다고 하기에 길을 나섰다. 위승환 씨는 내가 의정(義井)이라는 호를 지어준 인연이 있었다. 아내와 나는 벌교에 간 김에 꼬막정식을 먹고 문학관에 올라갔다.

햇수를 헤아려보니 13년 만이다. 오로지 소설만 생각하는 조 선배님의 모습은 그때나 지금이나 한결같다. 한결같다는 것은 결코 쉬운 일이 아니다. 그것만으로도 존경받을 만하다. 당시 태백산맥을 〈현대문학〉에 연재할 때 매달 보름 정도씩 수녀원에 들어가 집필하는 것을 목격한 바 있는 나로서는 조 선배님의 문학적인 태도에 경탄한 적이 있다. 우공이산의 끈기 없이 무슨 성취를 바란다는 것은 공짜 심보에 다름 아니다.

조 선배님이 무명일 때 나는 어느 문학잡지에 그의 작품세계를 집중조명한 적이 있다. 당시 원고지 80매를 썼으니 대단한 분량이었던 것이다. 아무도 작가 조정래를 주목하지 않았을 때 그의 문학적 가능성을 예견했으니 보는 눈은 대동소이한 모양이다.

　다음에는 이불재로 와서 차를 마시기로 하고 나는 먼저 자리에서 일어났다. 그럴 수밖에 없는 것이 문학관에서 이벤트가 있는지 사람들이 모여들고 있었다. 홍기삼 선생님의 문학적 안목과 정신, 최인호 작가의 문학적 재치, 그리고 조정래 선배님의 문학적 태도 등이 내게 시나브로 가랑비처럼 스며들었을 것을 생각하니 새삼 그분들이 소중하다.

3부

법정스님은 누구인가

행복한
무소유

스님은 수행자인가? 수필가인가?
결론적으로 말한다면 스님은 대중과 소통하기 위해서
《무소유》같은 글을 발표했을 뿐, 본업은 집필이 아니라 수행이었다.

법정스님의
사상과 진면목

스님은 수행자, 글은 방편

사진첩을 펼치면서 보니 오래된 법정스님 사진이 눈에 띈다. 36년 전에 찍은 사진이다. 내 나이 34세 때 스님을 불일암에서 뵙고 난 뒤 송광사 도성당 앞에서 찍은 1985년 여름날의 기념사진이다. 현재 도성당에는 송광사수련원장 현묵스님이 계신다. 1대 송광사 수련원장은 법정스님이셨다. 법정스님이 수련원장 자리를 내놓으신 지 실로 몇십 년 만에 현묵스님이 취임한 셈이다. 그래도 재가불자들이 수행할 수 있는 공간이 되살아나 다행이란 생각이 든다. 승속이 하나라는 법정정신을 잇고 있기 때문이다.

당시 나는 샘터사에 근무하면서 스님의 산문집 편집담당자였으므로 스님께 용무가 있어서 내려갔던 것 같다. 밀짚모자를 쓰신 스님은 아마도 54세쯤 되셨을 것이다. 그때까지 스님은 상좌를 받지 않으셨다. 내게 고백하신 말씀이 기억난다. 부처님께서 세납 55세에 아난다를 상좌로 허락하셨으니 부처님보다 먼저 받을 수 없다는 것이 이유였다.

하긴, 서 있는 자기 자리에서 스님의 가풍을 받들고 실천하면 될 일이지 그 밖의 형식은 군더더기일지 모른다. 상좌 하나에 지옥 하나라는 말이 불가(佛家)에 있지 않은가.

나는 스님을 뵌 지 몇 년 후에야 제자가 되었다. 스님께 허락을 받고 불일암으로 내려가 하룻밤을 잤다. 다음 날은 단옷날이었다. 하룻밤 잔 뒤 아침에 스님께 삼배를 올리고 나서 무염(無染)이란 법명을 받았다. '저잣거리에 살되 물들지 말라'는 뜻이었다. 스님께서는 새벽에 쓰신 계첩(계戒를 받았다는 증명서)도 내미셨다. 그뿐만 아니라 계를 받는 공덕을 "계는 신호등과 같은 것이다. 길을 잘못 들면 불이 켜지는 신호등 역할을 해준다."라는 요지의 법문을 해주셨다. 이후 나는 스님의 유발상좌인 재가제자가 되었다.

나는 스님의 산문집 10여 권을 만들었다. 나로서는 큰 행운이었다. 스님의 글이 곧 법문이었다. 나는 스님을 잘못 이해하는 부분을 바로잡기도 했다. 어떤 중견 선승은 스님이 글줄이나 쓰는 학승(學僧)이라고 왠지 비하하는 듯한 말을 했다. 또한 보통 사람들이 흔히 오해하는 지점으로 가장 많이 들었던 말이기도 했다.

스님은 수행자인가? 수필가인가? 결론적으로 말한다면 스님은 대중과 소통하기 위해서 《무소유》 같은 글을 발표했을 뿐이지 본업은 집필이 아니라 수행이었다. 하루에 글 쓰는 시간은 얼마 되지 않았다. 새벽에 일어나 혼자 예불하고, 차를 마시고, 손수 끼니를 해결하고, 채마밭을 가꾸고, 좌선하고, 선어록 같은 책을 읽고, 안거(安居)를 마치는 해제 때는 만행하는 등 보통 스님의 일상에서 조금도 벗어난 적이 없었다.

여기서 한 가지 먼저 밝히고 넘어갈 문제가 있다. 수필《무소유》를 신문이나 방송에서는 불일암에서 집필했다고 나오는데 사실관계가 맞지 않는 얘기다. 스님께서 봉은사 다래헌에 사실 때 〈현대문학〉에 발표했던 수필이다. 이 책이 범우사에서 발간될 때가 불일암 시절이어서 오보를 내고 있는 것이다. 우리나라 방송이나 신문, 잡지가 얼마나 치밀하지 못한지 쓸쓸한 미소를 지을 수밖에 없다.

생명 중심 사상과 무소유 가르침

스님의 사상을 이해하려면 '스님의 글'이라는 방편을 끌어올 수밖에 없다. 내 생각이지만 스님의 면목을 한두 가지로 나누어 생각해 볼 수 있지 않을까 싶다. 실제로 나는《법정스님의 뒷모습》이나《그대만의 꽃을 피워라》,《법정스님 인생응원가》등 내 산문집을 통해서 스님의 면목을 헤아려보기도 했다.

스님은 철저하게 산승(山僧)으로, 헨리 데이비드 소로우처럼 자연주의자로 사셨다는 점이다. 물론 봉은사 다래헌 시절에 함석헌 선생 등과 반독재투쟁을 하신 경험이 있지만 "그게 내 본분은 아니었으나 불이 났으니 소방관 심정으로 가담했다."라고 말씀하신 바 있다. 스님께서는 수행자답지 않게 마음속에 증오가 싹트고 있음을 알고 1975년에 서울에서 불일암으로 내려와버렸다.

이후 스님은 산을 떠나신 적이 거의 없었다. 길상사를 창건하시고 나서도 살아생전에는 단 하룻밤도 주무시지 않고 강원도 수류산방으로 가셨다. '살아생전'이란 조건을 단 것은 스님께서 임종하신 뒤 단 하루 길상사에 머무셨기 때문이다.

어느 날 나는 스님의 산문집이 왜 독자들에게 꾸준한 사랑을 받는지 의문이 들어 스님께 여쭈었다. 서울 성북동 길상사 행지실에서였다.

"스님, 스님의 산문집을 10여 권을 만들면서 느낀 것이 하나 있습니다. 독자들이 스님 책을 사랑하는 이유는 스님의 시적 감성이나 현실을 보는 예각 때문만은 아닌 것 같습니다."

"허허, 그래요?"

"스님 글에는 일관된 사상이 있습니다. 그 사상에 공감하여 독자들이 스님 책을 꾸준히 사랑하는 것 같습니다. 제가 생각하는 스님 사상이라면 인간은 물론 벌레 한 마리, 풀 한 포기, 돌멩이 하나 등 유무정물의 생명가치가 같다는 생명 중심 사상인 것 같습니다."

"무염거사, 서양이 인간 중심이라면 동양의 불교는 생명 중심의 진

이 세상은 사람만 살고 있는 것이 아니다.
눈에 보이건 보이지 않건 혹은 귀에 들리거나 들리지 않거나 헤아릴 수 없는
무수한 생명들이 한데 어울려 우주적인 생명의 조화를 이루고 있다.
이런 존재와 조화는 따뜻한 사랑의 눈으로 보아야만 찾아낼 수 있다.

리지요."

이런 대화를 나누었는데 지금도 엊그제 일처럼 생생하다.

아무튼 산승인 스님의 글은 깊은 산의 메아리처럼 울림이 크다. 저물녘에 눕는 산그림자처럼 여운이 길다. 산이 품고 있는 오래된 침묵에 응답하는 메아리 같다. 이와 같은 스님의 글을 생각나는 대로 옮겨본다.

'숲에는 질서와 휴식이, 그리고 고요와 평화가 있다. 숲은 모든 것을 받아들인다. 안개와 구름, 달빛을 받아들이고, 새와 짐승들에게는 깃들일 보금자리를 베풀어준다. 숲은 거부하지 않는다. 자신을 할퀴는 폭풍우까지도 마다하지 않고 너그럽게 받아들인다. 이런 것이 숲이 지니고 있는 덕(德)이다.'

'산을 의지하고 살아가는 사람들에게는 산은 단순한 자연이 아니다. 산은 곧 커다란 생명체요, 시들지 않는 영원한 품속이다. 산에는 꽃이 피고 꽃이 지는 일만이 아니라 거기에는 시가 있고, 음악이 있고, 사상이 있고, 종교가 있다. 인류의 위대한 사상이나 종교가 벽돌과 시멘트로 된 교실에서가 아니라 때 묻지 않은 자연의 품속에서 움텄다는 사실을 우리는 상기할 필요가 있다.'

스님의 모든 글을 관통하는 그물코가 있다면 생명 중심 사상이다. 스님은 생명 중심 사상을 일관되게 풀어놓으셨다. 스님의 여러 산문집 속에서 쉽게 찾아 볼 수 있다.

'사람과 동물의 업에 따라 비록 그 생김새는 다르다 할지라도 살려고 하는 생명 그 자체는 조금도 다를 바 없다. 한쪽이 약하다고 해서 죽어야 한다는 법은 없다. 사람보다 훨씬 교활하고 힘센 짐승이 그의 식욕을 채우기 위해, 그의 손버릇 때문에 우리의 귀여운 자녀들을 앗아간다고 생각해보라. 우리는 얼마나 원통하고 분할 것인가. 목숨은 수단이 될 수 없다. 그 자체가 온전한 목적이다. 단 하나밖에 없는 절대가치이다.'

'이 세상은 사람만 살고 있는 것이 아니다. 눈에 보이건 보이지 않건 혹은 귀에 들리거나 들리지 않거나 헤아릴 수 없는 무수한 생명들이 한데 어울려 우주적인 생명의 조화를 이루고 있다. 이런 존재와 조화는 따뜻한 사랑의 눈으로 보아야만 찾아낼 수 있다. 한 생명의 뿌리에서 나누어진 지체라는 대등한 입장에서 보아야지, 사람 중심으로 보려 하거나 인간 우위의 눈으로 보려고 한다면 눈을 뜨고도 볼 수 없다. 현대인의 맹목은 바로 이 자기중심의 오만에 그 까닭이 있을 것이다.'

한편, 누구나 익히 아는 스님의 무소유 가르침도 여기서 또 반복해서 설명하지 않을 수 없다. 스님의 무소유 가르침은 스승인 효봉스님을 시봉하면서 마음에 사무쳤다고 전해진다. 효봉스님이 "걸레를 짤 때도 걸레가 찢어지니 꼭 짜지 말고, 비누도 조각이 완전히 다 녹아 없어질 때까지 쓰라."고 당부하셨다고 한다. 비누가 닳아서 조각났을 때 스님께서 구례장에 나가 새 비누를 사려고 하자 그런 당부를 하셨다는 것이다. 스님께서는 내게 이런 말씀도 하셨다.

"내가 클래식 음악을 좋아하는 걸 알고 여수에 사는 거사님이 스피커가 좋은 오디오를 선물한 적이 있었어요. 불일암에 사람들이 올라오지 않는 날에는 소리를 크게 키워놓고 음악을 들었지요. 그동안 나에게 뉴스와 날씨 정보를 알려주었던 손바닥만 한 라디오로도 얼마든지 클래식 프로그램 음악감상을 할 수 있는데도 말이죠. 그래서 어느 날 여수 거사님에게 오디오를 돌려주어버렸지요. 그랬더니 마음이 소쇄하고 개운해져요."

군더더기를 갖지 않는 것이 스님의 무소유였다. 자기 삶에 필요한 것은 하나면 되지 둘은 군더더기라는 말씀을 자주 하셨다.

스님께서 불교용어였던 '무소유'란 단어를 보통명사화시킨 것은 세상이 다 아는 사실이다. 내가 여러 책에 소개한 바 있지만 역시 스님께서 직접 해주신 말씀이다.

"현대로 올수록 사람들은 '소유'를 강요하는 정신적 고통에서 벗어나고픈 열망을 갖게 된 것 같아요. 내가 《무소유》란 책을 낼 때는 '무소유'란 개념이 없었지요. 또 '무소유'를 정신적인 가치로 알아주지도 않았어요. 책 제목을 지을 때 출판사 사장이 난색을 표했는데 내가 우겨서 정한 제목이었지요."

당시 출판사 사장은 범우사 윤형두 수필가였다. 그런데 스님은 나중에 무소유를 '나눔'의 개념으로 승화시켰다. 스님의 맏상좌 덕조스님에게 들은 이야기다. '무소유는 나눔이다'라는 명제가 확실해지는 일화다.

스님이 소형차를 몰고 가는 것을 보고 한 신도가 말했다. "스님, 무소유라고 말씀하시면서 왜 차를 갖고 계십니까?" 하고 장난스럽게 물었다. 그러자 스님께서 "아무것도 갖지 말라"는 것이 아니라 "불필요한 것을 갖지 말라는 것이 무소유지요."라고 대답하셨다.

그 신도가 가고 난 뒤 스님께서 만상좌 덕조스님에게 말했다. "신도 집에 가보면 신발장에 신발이 가득한데, 무슨 신발이 그렇게 많은지 모르겠어. 필요하지 않은 신발은 나누어주면 서로 좋은데. 나누는 것도 살아 있을 때 나누어야지 사람이 죽으면 그 소유물도 빛을 잃어 그때 누구에게 준들 누가 가지려고 하겠어."

나는 덕조스님에게 신발장 이야기를 듣고는 아하! 하고 무릎을 쳤다. 물론 스님이 살아오신 모습을 가까이에서 보았던 바 무소유의 가르침이 무엇인지 막연하게나마 알고는 있었지만, 일상의 소소한 모습을 보시고 지적하셨다는 얘기를 듣고는 무소유의 목적이 나눔이라는 사실을 그제야 확실하게 깨달았던 것이다.

그동안 나는 '무소유'를 스님의 말씀을 빌려 '아무것도 갖지 않는 것이 아니라 불필요한 것을 갖지 않는 것이 무소유다. 군더더기를 버리는 것이 무소유다.'라고 사람들에게 뜻풀이만 반복했던 사실이 부끄럽기도 했다.

스님의 가풍은 법정선法頂禪

스님은 말씀하기를 "아무리 위대한 석가모니 부처님이라도 한 분이면 족하다."라고 하셨다. 스님은 무엇에 의지하고 비교하면서 살기보다는 자주적인 삶, 주인공이 되어 자기다운 꽃을 피우라고 스님의 여러 산문집에 남겼다.

'풀과 나무들은 저마다 자기다운 꽃을 피우고 있다. 그 누구도 닮으려 하지 않는다. 풀이 지닌 특성과 나무가 지닌 특성을 마음껏 드러내면서 눈부신 조화를 이루고 있다. 풀과 나무들은 있는 그대로 그 모습을 드러내면서 생명의 신비를 꽃피운다. 자신의 존재를 있는 그대로 받아들이지 못하면 불행해진다. 진달래는 진달래답게 피고, 민들레는 민들레답게 피면 된다. 남과 비교하면 불행해진다.'

그래서 스님은 중국의 선승들 중에 임제선사의 어록을 즐겨 보셨던 것 같다. 나 역시 임제선사의 '살불살조(殺佛殺祖)'나 '수처작주 입처개진(隨處作主 立處皆眞)'이라는 뜻을 늘 잊지 않고 있다.

살불살조는 '부처를 죽이고 조사를 죽이라'는 말인데, 스님이 말씀하신 바를 그대로 옮겨보자면 인천(人天)의 스승이신 부처도 극복하고 일가를 이룬 조사도 극복하라는 뜻이다. 자기를 활짝 개화시켜야지 성인 같은 분이라도 앵무새처럼 닮지 말라는 것이다.

스님이 유언으로 자신의 모든 책을 절판하라는 이유도 바로 그것이다. 자기 자신이 사색하고 깨달아야지 남의 '좋은 말'에 현혹되지

스님이 유언으로 자신의 모든 책을 절판하라고 한 이유도
자기 자신이 사색하고 깨달아야지 남의 '좋은 말'에 현혹되지 말라는 것이었다.
책의 무용론을 말씀하신 것이 아니다.
다른 말로 하자면 지식인이 되지 말고 지성인이 되라는 일갈이었을 터이다.

말라는 유언이셨다. 책의 무용론을 말씀하신 것이 아니다. 다른 말로 하자면 지식인이 되지 말고 지성인이 되라는 일갈이었을 터이다.

수처작주 입처개진은 '서 있는 곳마다 주인공이 되고, 진리의 땅이 되게 하라'는 뜻인데, 스님의 어록집《산에는 꽃이 피네》에서 스님은 '언제 어디서나 주체적일 수 있다면, 그 서 있는 곳이 모두 참된 곳이다.'라고 풀이하고 있다. 어디서나 주인 노릇을 하라는 것이다. 소도구로서, 부속품으로서 처신하지 말라는 말씀이다.

선(禪)이란 삶의 노예로 살다가 죽는 것이 아니라 삶의 주인공으로 살다가 죽는 것이 아닐까. 나 역시 깨어 있는 순간이 있고, 타성과 편견에 빠져 있는 순간이 있는데 반성하지 않을 수 없다. 타성과 편견에 사로잡힌 삶은 생각하는 삶이 아니라 그냥 살아지는 삶이기 때문이다.

아무튼 위에서 열거한 스님의 면목이 바로 스님의 가풍이 아닐까 싶다. 물론 종교 간의 대화나 다선일여(茶禪一如)의 면모, 다음 세대를 위한 불경의 한글화 등 스님이 지향하는 바는 많았지만 한두 가지만 예로 든 것이다.

나는 중국의 백장선, 조주선, 임제선만 있는 것이 아니라 우리나라에 법정선(法頂禪)도 있다고 믿는다. 물론 가풍을 달리한 경허스님의 경허선, 만해스님의 만해선, 경봉스님의 경봉선, 성철스님의 성철선, 혜암스님의 혜암선도 마찬가지다.

선(禪)이란 누구를 닮는 것이 아니라 자기만의 독창적인 삶과 물고기가 폭포를 뛰어오르는 것 같은 거침없는 향상(向上)과 역동성을 담보하기에 그렇다.

_〈월간 불교문화〉2020년 5월호

4부

법정스님 무소유 암자 순례

행복한
무소유

법정스님의 무소유 가르침이 스며 있는 불일암

'무소유' 산문집을 펴낸
송광사 불일암

모란은 모란이고, 장미꽃은 장미꽃이다

후박나무 낙엽이 또다시 마당에 떨어지고 있다. 마당은 비질 자국이 선명하다. 발자국처럼 큰 낙엽을 보니 어느 작은 절에 살던 젊은 스님의 말이 떠오른다. 그 젊은 스님이 낙엽을 쓸어 한곳에 모으자, 노스님이 낙엽을 이리저리 흩트리며 말했다고 한다.

"제 갈 곳을 찾아 제자리에 떨어진 낙엽을 네 마음대로 옮기지 마라."

노스님의 한마디는 내 영혼을 오래도록 촉촉하게 적셨던 것 같다. '낙엽을 네 마음대로 옮기지 마라.'는 말씀은 자연을 거스르지 말라는 자애로운 당부였을 터. 우주의 순리 속에서 뒹구는 낙엽 하나도 함부로 손대지 말고 그대로 두라는 것이 노스님의 가르침이었을 것이다.

만상좌 덕조스님 모습이 서울의 길상사에서 뵀을 때보다 더 맑으시다. 무소의 뿔처럼 홀로 가는 수행자로 돌아온 느낌이다. 조금은 쓸

대나무 그림자와 햇살이 드리운 불일암 사립문

쓸하고 외롭겠지만 깨달음의 길을 걷는 수행자에게는 맑은 고독이야 말로 더없는 축복이 아닐까. 법정스님은 맑은 고독 속에서만 텅 빈 충만을 이룬다고 말씀하셨다.

"왜 그쪽 부엌문으로 나오십니까?"

"스님께서 지금도 옆에 계시는 것 같습니다. 가능하면 앞문을 사용하지 않을 생각입니다."

문득 불일암에 수선화가 피어나던 지난 봄날이 생각난다. 《소설 무소유》가 발간됐을 때 나는 잠시 난감했다. 법정스님이 이 세상에 계시지 않기 때문에 책을 보낼 주소가 사라졌던 것이다. 할 수 없이 나는 스님의 영정이 봉안된 불일암으로 가 영정 앞에 책을 바치는 것으로 대신했다. 스님께서 제주도 여행길에 주워 와 심은 수선화가 정랑 앞에서 나를 반기듯 막 피어나고 있었다. 나는 아내와 함께 영정 앞에 책을 올렸다. 삼배를 하고 난 뒤, 덕조스님께 말했다.

"허물이 있는지 한 번 읽어봐 주십시오."

"스님께서 아직 펼쳐보시기 전인데요."

덕조스님은 법정스님이 옆에 계신 듯 조심스럽게 행동하여 내 마음을 움직였다. 법정스님께서 책을 펴보시기 전이므로 제자가 감히 손을 댈 수 없다는 태도였던 것이다.

"후박나무 잎이 떨어지는 소리는 꼭 사람이 오는 소리 같다니까요."

"저도 사람의 발자국 같다고 느꼈습니다.

후박나무 낙엽이 구른다. 마치 나와 덕조스님 간에 주고받는 얘기를 듣기 위해 다가오는 것 같다. 스님은 후박나무 옆에 서서 조계산 자락을 쳐다본다.

"제가 갓 출가했을 때는 제 키보다 조금 컸습니다. 이제는 나무그늘이 마당을 덮습니다. 스님께서는 제자인 우리들에게도 나무처럼 자라서 덕(德)의 그늘을 이웃에게까지 드리우라고 우리에게 덕 자 돌림으로 법명을 주셨던 것 같습니다."

스님은 채마밭으로 내려가더니 두둑을 밟고 온다. 법정스님이 상추와 케일, 고추를 심고 가꾸던 밭이다.

"이맘때면 꼭 두더지가 나타나 두둑을 헤집고 가네요."

두더지도 사람 발자국 소리를 듣나 보다. 고추 따고 상추 뜯느라고 아침저녁으로 오가던 한여름에는 채마밭을 출입하지 않다가 발걸음이 뜸해지는 가을이 되자 때를 놓치지 않고 나타났다. 내 산방의 텃밭도 마찬가지다. 발걸음이 게을러지면 금세 출현하여 밭을 휘젓고 다니는 것이 두더지의 습성인가 보다. 두더지에게 미안하지만 번뇌도 녀석과 흡사하다. 일에 집중하지 않고 한눈을 팔거나 나를 잠시라도 직시하지 않으면 온갖 번뇌가 들끓는다. 그래서 번뇌가 108가지나 되는 건지도 모르겠다.

법정스님이 밀짚모자를 쓰고 채마밭을 일구던 모습이 선명하게 떠오른다. 그때 나는 처음으로 케일 잎으로 쌈을 싸먹었는데, 상추가 흰쌀밥이라면 거친 케일은 현미밥 같았던 기억이 난다. 거친 케일 잎을 맛있게 드셨다는 것은 그때까지만 해도 스님의 건강이 아주 좋았는 방증이다.

스님은 흙을 만지고 밟기를 좋아하셨다. 사람이 흙에서 멀어지면 병원이 가까워진다고 늘 말씀하셨다. 내가 남도 산중에 산방을 짓고 들어앉자 스님께서는 누구보다도 환영하셨다. 어느 날인가 스님에게서 갑자기 전화가 왔다.

"내일 가정방문을 가겠소."

스님은 예정대로 왔다가 한 나절 정도 내 산방에서 차를 마시고 가셨다. 그때의 일을 스님께서는 산문집《홀로 사는 즐거움》에 남겼다.

'현대인의 95퍼센트가 실내에서 일상생활을 보내고 있다는 말을 듣고 나는 움찔 놀랐다. 흙을 밟지 않고 사무실이나 교실, 또는 공장이나 연구실에서 하루하루를 보내고 있다니 새삼스럽지만 놀라운 사실이다. 온종일 컴퓨터 앞에 앉아 손가락과 머리를 굴리면서 살아가는 일상을 과연 건강하고 건전한 삶이라고 할 수 있을까.

남쪽에 내려간 김에 도시 생활을 청산하고 시골에 내려가 흙을 만지면서 새롭게 살아가는 한 친지를 방문했다. 소비와 소모의 땅, 도시를 떠나 시골에서 혼자서 살아가는 그 의지와 결단에 우선 공감했다. 작가인 그는 새로운 터전에서 살고 싶어 새로 집을 지어 나무를 심고 연못을 파고 채소를 가꾸면서 작업을 한다. 보기에 아주 건강한 삶을 시도하고 있다.

많은 사람이 도시 생활에 염증을 느끼면서도 선뜻 그곳을 떠나지 못하는 것은 그럴 만한 구실이 저마다 있다. 누구든지 이 사정 저 사정 따지면 절대로 떠나지 못한다. 한 생각이 일어났을 때 한 칼로 동 강을 내는 그런 결단 없이는 죽어도 그곳을 떠나지 못한다.

도시란 어떤 곳인가. 아스팔트와 보도블록과 시멘트와 서로 키 재기 를 하는 고층빌딩과 자동차와 매연과 소음과 부패한 정치꾼과 범죄와 온갖 쓰레기들로 뒤범벅이 된 숨 막히는 공간이다. 이런 공간에서 어 떻게 미래에 대한 꿈과 새로운 창조와 생명이 움틀 수 있겠는가.'

스님께서 비인간적이고 소비적인 도시 생활을 비판하면서 나의 결 단을 격려하시는데 솔직히 과분하다. 그러나 나는 다시는 서울로 돌 아가지 못할 것 같다. 전철처럼 빠르게 스쳐가는 서울특별시의 빠른 시간에 적응할 자신이 없다. 일용하는 양식을 부족한 듯 자급자족하 면서 배고프면 밥 먹고 졸리면 자고 손님이 오면 반갑게 차 마시는, 그렇다고 내 마음대로가 아니라 내 마음의 주인공이 되어 사는 산중 생활의 느린 시간이 더없이 좋다.

스님께서 불일암 채마밭에 고작 먹을거리만 심고 가꾸었다면 지금 내 시선이 머물 리 없다. 스님은 모란과 파초를 심어 스님 가슴에 물 기를 돌게 했던 것이다. 모란은 스님이 이 세상에서 가장 아름답다고 여긴 양귀비꽃 대신에 심은 꽃이 아닌가 싶다.

해인사에서 출판 일로 서울로 올라와 선학원에서 잠시 머물던 시 절의 이야기다. 스님께서 삼청동 어느 집 화단에서 양귀비꽃을 보고 는 풋풋한 시심(詩心)을 감추지 못하고 풀었다.

'그것은 경이였다. 그것은 하나의 발견이었다. 꽃이 그토록 아름다

운 것인 줄은 그때까지도 정말 알지 못했었다. 가까이 서기조차 조심
스러운 애처롭도록 연약한 꽃잎이며 안개가 서린 듯 몽롱한 잎새, 그
리고 환상적인 그 줄기가 나를 온통 사로잡아버렸다. 아름다움이란
떨림이요 기쁨이라는 사실을 실감했다.'

　푸른 잎이 뒷방 문짝만 한 파초는 내 눈에도 불일암을 이국적으로
보이게 연출했다. 그러니 채마밭은 스님만의 소박한 꽃밭이자 속뜰
인 셈이었다. 속뜰이란 국어사전에 없지만 스님이 창안하여 즐겨 쓰
던 단어다. 스님은 아래채 산자락의 달맞이꽃이나 제비꽃도 사랑하
여 잡풀을 정리하는 일꾼이나 제자들에게 절대로 베어내지 못하게
했다. 실제로 아래채 마당에 놓인 평상에서 늦은 오후에 차를 마시면
서 달맞이꽃이 피는 광경을 보는 것은 스님의 표현대로 영혼의 떨림
이요 기쁨이었다.

　꽃잎이 하나둘 피어나는 모습을 볼 수 있는 꽃은 달맞이꽃이 유일
하지 않나 싶다. 노란 꽃잎이 펴지는 순간 마치 노랑나비가 파르르
날갯짓하는 것처럼 보이는데, 일시에 수십 마리의 나비들이 군무(群
舞)를 하듯 보인다.

　스님은 평상에 앉아서 꽃을 가리키며 제자나 손님들에게 많은 말
씀을 하셨다. 그리고 당신의 말씀을 다듬고 정리해서 〈샘터〉지에 발
표하셨다.

　꽃이 피어나는 것은 생명의 신비다. 자신이 지니고 있는 특성과 잠
재력이 꽃으로 피어남으로써 그 빛깔과 향기와 모양이 둘레를 환하게

비춘다. 그 꽃은 자신이 지닌 특성대로 피어나야 한다. 만약 모란이 장미꽃을 닮으려고 하거나 매화가 벚꽃을 흉내 내려고 한다면, 그것은 모란과 매화의 비극일 뿐 아니라 둘레에 꼴불견이 되고 말 것이다.

스님께서 꽃을 얘기할 때 나는 사람 얘기로 환치해서 듣곤 했다. 나는 나일뿐 남을 닮으려고 해서는 안 된다는 말씀으로 받아들였다. 자기 개성을 활짝 꽃피우는 사람이 돼야지 남을 닮으려고 해서는 안 된다는 것이 스님 말씀의 요점이었다.

덕조스님이 다시 부엌문으로 들어가 나에게 앞문인 유리 달린 문을 열어준다. 나는 법정스님께서 차방으로 이용하시던 수류화개실로 들어가 앉는다. 2평 남짓한 아주 작은 차방이지만 조계산의 무게 같은 존재감이 느껴지는 방장실 같은 방이다.

홀로 마신즉 그 향기와 맛이 신기롭더라

차방인 수류화개실에 들어가 앉을 수 있는 정원을 굳이 말하자면 세 명 정도가 아닐까 싶다. 차를 우리는 스님이 한 명, 다기 앞에 손님이 두어 명 앉게 되면 방은 구석만 남는다. 서너 명만 앉아도 만원사례가 되니 한반도에서 가장 작은 차방이다. 가만히 생각해보니 수류화개실은 낯선 손님들과 마주 앉아서 마음에 없는 객담을 나누는 접견실(?)이 아니라 스님 홀로 차를 마시는 차방이라고 해야 옳다.

스님은 홀로 차를 마시고 나서, 한지를 펼쳐놓고 다관과 찻잔을 그린 뒤 '홀로 마신즉 그 향기와 맛이 신기롭더라'는 짧은 다시(茶詩)를 적어 지인들에게 보내주시곤 했다. 스님은 먹물이 남아 붓장난을 좀 했다고 웃으셨지만, 사실은 당신이 경험한 '텅 빈 충만'을 드러낸 소식이라고 나는 믿는다. '텅 빈 충만'을 불가의 단어로 말한다면 진공묘유(眞空妙有)다. 텅 빈 상태는 진공이고 그 상태에서의 충만은 묘유인 것이다.

내가 소장하고 있는 그림도 스님께서 불일암 시절에 그리신 묵화(墨畵)이다. 거기에도 다관 하나와 찻잔 하나다. 스님의 모든 그림에는 다관과 찻잔이 하나뿐이다. 찻잔이 두 개면 스님 식의 묵화가 아니다. 찻잔이 하나인 까닭은 스님께서 홀로 차를 마시는 모습의 상징일 것이다. 내 산방에 걸린 스님 그림에 조금 특이한 점이 있다면 다시(茶詩)의 내용이다.

명산에는 좋은 차가 있고
거기 또한 좋은 물이 난다 하더라.

오늘은 스님의 다시를 흉내 내어 감히 나도 한 수를 지어본다. 절대존재인 '좋은 차[體]'와 인연을 짓는 '좋은 물[用]'의 대구(對句)를 찾고자 잠시 눈을 감아보니 딱 맞아떨어지지는 않지만 다음과 같이 나온다.

'태풍의 대변인' 방짜풍경이 걸린 불일암 아래채

명산에는 좋은 스님이 있고

거기 또한 좋은 암자가 있다 하더라.

덕조스님이 찻자리를 마련한다. 창호를 투과한 햇살이 찻잔을 부
드럽게 감싼다. 그러자 쉬고 있던 찻잔이 눈을 뜬다. 그사이 찻물이
주전자에서 소소소 하고 솔바람 소리를 낸다. 찻잔으로 눈이 맑아지
고 주전자의 솔바람 소리에 귀가 밝아진다. 이 소박한 모습의 찻잔들
도 법정스님이 남긴 유품이리라.

법정스님만큼 다기를 사랑했던 분도 드물다는 생각이 든다. 찻잔
굽을 손가락으로 오므려 잡고서 아름다움을 감상하는 그윽한 눈빛은
붓꽃이나 모란꽃을 바라볼 때와 흡사했다. 어느 때인가는 내게 다음
과 같이 술회하신 적이 있다.

"무염거사, 다른 욕심은 다 정리했어요. 그런데 아름다움에 대한
욕심만큼은 잘 놓아지지가 않아요."

나는 그때 스님의 마음을 바로 이해했다. 스님께서 봉은사 시절부
터 주장한 철학이 무엇에도 집착하지 않는 '무소유'라는 것을 익히 알
고 있었지만 '아름다움에 대한 욕심'을 쉽게 정리하지 못하는 스님을
내 나름대로 변호하고 싶었던 것이다. 스님을 뵙고 기록해놓은 그날
밤의 단상이다.

'멀리 동글동글한 조계산 자락의 봉우리들이 운무에 가려 있다. 스
님은 산자락을 바라보며 나이 드는 걸 절감하신다고 한다. 짐 같은

자잘한 욕심들은 나이 따라 저절로 정리가 되는데, 단 한 가지만은 아직 내치지 못했다고 한다. 아름다움에 대한 욕심, 바로 그것을 어쩌지 못하겠다는 것이다. 아름다움을 감상하는 낙(樂)만은 놓지 못하겠다는 말씀이다. 스님이 우려주는 차를 마시면서 차와 어울리는 찻잔의 색깔과 모양, 혹은 차로 인한 내면의 충만에 대해서 얘기하실 때면 스님의 심미안(審美眼)이 절로 느껴진다. 스님의 '아름다움에 대한 욕심'이 비로소 이해가 되는 것이다. 아무리 무소유를 추구하는 불교라 하더라도 심미안까지 놓아버리라고 한다면 가혹한 일이 아닐 수 없다. 인간이란 존재는 로봇처럼 무미건조한 기계가 아니니까.

"최고의 차맛은 홀로 마시면서 음미하는 적적한 맛이지."

차 한 잔에 자족하는 노승의 모습. 깨달음의 실존이 있다면 바로 그런, 적적한 맛을 즐기는 스님의 모습이 아닐까.'

수류화개실의 작은 창을 열자, 조계산 자락과 허공이 들어와 나라고 고집하는 나를 무색케 한다. '참을 수 없는 존재의 가벼움'을 깨닫게 한다. 내가 수류화개실을 잊지 못하는 까닭은 난생처음으로 작설차를 마셔본 소중한 공간이기 때문이다. 스님께서 〈샘터〉지에 '산방한담'을 연재하시고 난 뒤 새로운 산문집을 준비하실 때였다. 서문을 받으러 불일암에 올라갔다가 이곳에서 '좋은 차'의 맛과 향을 온전히 경험했던 것이다.

스님은 차를 마시고 나서 기분이 상쾌해지자, 학생이 선생에게 숙제를 외워 바치는 것처럼 중국 당나라의 다인(茶人)이었던 노동(盧同)

이 지은 〈칠완다가(七椀茶歌)〉를 빠르게 읊조렸다. 스님께서 의역한 '일곱 잔의 차노래'였다.

> 차 한 잔을 마시니 목과 입을 축여주고
>
> 두 잔을 마시니 외롭지 않고
>
> 세 잔째엔 가슴이 열리고
>
> 네 잔은 가벼운 땀이 나 기분이 상쾌해지고
>
> 다섯 잔은 정신이 맑아지고
>
> 여섯 잔은 신선과 통하며
>
> 일곱 잔엔 옆 겨드랑이에서 밝은 바람이 나는구나.

　스님은 차를 처음 마시는 나에게 차 마시는 마음가짐을 자상하게 당부하셨는데, 스님의 오랜 차살림의 지혜가 그대로 드러나 있어 차 마시는 이들이 금쪽같이 귀하게 새겨들어야 할 말씀이 아닐까 싶다.
　"꿉꿉하고 더운 여름철에는 차 맛이 제대로 안 나지요. 선득한 가을바람이 불어와 정신이 맑아지고 생기가 날 때 차 향기도 살아나지요. 계절이 바뀌면 옷을 갈아입지요? 다기(茶器)도 바꾸어주면 새롭지요. 여름철에는 백자가 산뜻하고, 가을철에는 분청사기나 찻잔 겉에 유약을 바르지 않은 갈색 다기가 포근해요. 여름철에는 넉넉한 찻잔이 시원스럽고, 가을이나 겨울철에는 좀 작은 찻잔이 정겹지요."
　또 차 마시는 자리에 누구와 함께하느냐에 따라서 차 맛이 달라진다고도 말씀하셨다. 비록 상품이 아닌 차라도 그 자리에 앉은 손님이 개결한 성품이라면 차 맛도 변한다는 것이었다. 그러고 보니 스님은 무례한 이가 끼어들면 놀라울 만큼 찻자리를 냉정하게 정리했다. 한 번은 미국에서 어떤 여기자가 찾아왔다. 한국의 어느 일간지 주재 기자라고 했다. 내가 보기에도 재미교포여선지 옷차림이라든가 말투가 자유분방했다. 민소매에 반바지 차림이었다. 그래도 스님을 뵈러 미국에서 왔다고 하니 그 열정은 대단했다. 여기자는 스님에게 거침없이 질문했다.

"한국이 민주화가 됐다고 생각하십니까? 스님께서는 한때 반독재 투쟁을 하셨는데, 보람을 느끼십니까?"

스님은 안색이 점점 어두워졌다. 내가 옆에서 보기에도 찻자리의 분위기가 돌변했다. 여기자는 또 다른 질문을 해대며 미국에서 불일 암까지 왔으니 자신의 성의를 생각해서라도 말씀해달라고 하소연했다. 드디어 스님이 역정을 내셨다.

"나는 할 말이 없으니 당장 나가시오. 나가서 조계산 자락이나 쳐다보고 가시오!"

나는 찻잔을 들지도 못했다. 갑자기 무거워진 분위기 탓이었다. 여기자는 스님에게 '너무 하십니다'라는 표정을 지으며 나가버렸다. 이윽고 당황한 나머지 가만히 앉아 있는 나에게 스님이 말씀하셨다.

"차는 마음이 한가로울 때 마셔야 해요. 거창한 정치나 시답잖은 이야기는 찻자리에 어울리지 않지요. 한가로운 마음을 흩트리니까요. 차담을 하면서 마치 시사평론가인 듯 미주알고주알 세상일에 참견하거나 남을 비방하거나 홍보하는 것은 차에 대한 결례이지요."

차를 마시고 나서 불일암에서 가장 가까운 감로암으로 가 들깨국물로 만든 국수를 먹은 기억도 가끔 떠오른다. 당시는 감로암에 비구니스님들이 살았는데, 국수를 다 드시고 나서 미련 없이 서둘러 나오시는 스님의 날렵한 발걸음도 잊히지 않는다. 잘 먹었다는 인사를 생략한 까닭은 스님 식의 군더더기 없는 행동이 아니었을까 싶다. 후식이니 차담이니 하여 쓸데없이 낭비하는 시간과 행동은 스님의 질서에 맞지 않았던 것이다.

그때 수류화개실에는 두 폭짜리 가리개가 하나 있었다. 가리개에는 서산대사가 짓고 스님이 번역한 《선가귀감》의 한 구절이 쓰여 있었다. 어느 서예가가 정성을 들여 만들어 보낸 가리개인데, 스님께서는 차를 마시며 《선가귀감》의 구절을 거울삼아 수행자로서 자신을 엄하게 비춰보는 것 같았다.

'출가하여 중이 되는 것이 어찌 작은 일이랴. 편하고 한가함을 구해서가 아니며 따뜻이 입고 배불리 먹으려고 한 것도 아니며 명예와 재물을 구해서도 아니다. 번뇌를 끊어 생사를 면하려는 것이고, 부처님의 지혜를 이어 끝없는 중생을 건지기 위해서다.'

어느 해 겨울에 갔을 때는 가리개가 치워지고, 대신 하얀 수반이 하나 놓여 있었다. 수반에 놓인 돌에는 이끼가 촉촉하게 자라고 있었다. 이끼는 스님과 3년째 겨울 안거 중이라고 했다. 봄이 되면 이끼는 돌

비바람에도 허리를 굽히지 않는 불일암 대숲길

멩이와 함께 원래의 자리인 개울가로 되돌려 보내지는 모양이었다. 그러니까 미물인 이끼는 겨울 동안만 스님과 무언의 대화를 나눈 친구인 셈이었다.

스님은 이끼를 바라보시며 당신 혼자서만 차를 마시지 않았을 것 같다. 찻잔을 두 개 놓고 하나는 이끼를 위한 잔, 또 하나는 스님의 잔이지 않았을까 짐작된다. 어쩌다 한 번씩 녹차로 몸을 적시는 이끼는 차야말로 최고의 영양분이라는 것을 알았을 테고.

그러고 보면 법정스님은 자기질서를 엄격하게 지켰던 수행자이자 맑은 다인(茶人)이었다는 사실을 실감하지 않을 수 없다. 나는 차를 기호식품 내지는 습관적으로 즐기는 사람을 차인이라 하고, 차를 통해서 높은 정신의 경지에 오른 분들을 다인이라고 구분하여 부르는데, 일리가 있다고 동조하는 사람들이 많아지는 사실로 보아 실없는 소리만은 아니라고 본다.

덕조스님과 특별한 얘기 없이 서로의 안부를 확인하고 법정스님을 회상하는 얘기를 몇 마디 했을 뿐이지만 마음이 오간 느낌이다. 마지막 차는 찻잔에 맹물을 부어 마시는데 찻잔과 입안에 남은 맛과 향기를 음미하기 위해서다.

"맹물이 아니라 백차입니다. 목을 넘어갈 때 단맛이 나고 향기로울 것입니다."

눈앞에 있는 찻잔을 보니 이제 쉬고 싶다는 표정이다. 찻잔에 두 사람의 마음이 투영되어 그런 것 같다.

"스님, 서전(西殿)에 다녀오겠습니다."

서전은 두 칸짜리 토굴로 된 불일암 선방이다. 그곳만큼은 불일암 경내 중에서 금지구역인데도 덕조스님이 가보도록 배려해주신다. 그곳 마루에 혼자 앉아 법정스님의 무소유가 무엇이었는지 명상해볼 생각이다.

무소유를 마음에 새긴
쌍계사 탑전

걸레라도 꽉 짜지 마라

하동 화개골은 1년에 한 번씩은 꼭 '차나들이'를 하러 들르는 지리산 골짜기다. 차나들이란 낱말은 햇차가 나는 봄에 나들이한다는 뜻으로 내가 만든 말이다. 아직은 혼자 사용하고 있지만 순우리말을 사랑하는 차원에서 국어사전에 올랐으면 좋겠다. 차나들이 중에 차회(茶會)를 가진 적도 있다. 쌍계사 탑전의 복수(福水)는 차인들이 즐겨 찾는 샘물이다. 그래서 탑전은 차인들의 성소(聖所)이기도 하다.

나는 대요스님과 동행하고 있다. 스님이 탑전으로 들어가기 위해 먼저 돈오문(頓悟門)으로 오르는 계단을 밟는다.

"스님, 이 탑전이 법정스님께서 효봉스님을 모시고 시봉했던 곳입니다."

"차를 좋아하셨던 법정스님께서 차의 고향인 화개골에서 시자생활을 했다니 묘한 인연이 느껴집니다."

시자(侍者)란 스승 옆에서 시봉하는 이를 뜻한다. 출가한 지 얼마 되지 않은 사미스님이 시자를 맡는 경우가 많다. 스승을 가까이 모심으로 해서 가르침을 가장 많이 받을 수 있는 축복의 소임이기도 하다. 어느 스승 밑에서 어떻게 시자생활을 했느냐에 따라서 그 수행자의 길이 달라진다. 우리가 사는 세상도 마찬가지다. 누구를 만나느냐에 따라 인생길이 달라지기 때문이다.

법정스님은 탑전에서 효봉스님에게 갓 출가한 수행자가 외우는 《초발심자경문》을 배웠다고 한다. 통영 미래사 토굴에서 하안거를 마치고 탑전으로 와 《초발심자경문》을 배운 것이다. 그런데 수행은 책을 읽고 배우는 것이 아니라 스승의 삶을 보고 닮는 것이라고 한다. 스승과 제자 관계가 무엇인지를 알려주는 일화가 있다.

한 젊은이가 고명한 선사를 찾아가 제자가 되었다. 제자는 선사에게 많은 가르침을 기대하고 하루하루를 보냈다. 그러나 선사는 젊은이에게 아무것도 가르쳐주지 않았다. 젊은이는 3년을 넘기면서 실망하여 "큰스님, 왜 저에게 아무것도 가르쳐주지 않습니까?" 하고 하소연했다. 그러자 선사가 "너는 3년 동안 물 긷고 나무 하고 도량 청소를 하지 않았느냐. 그게 나의 가르침이다."라고 말했다.

밥 하고 나무 하고 물 긷는 것이 산 가르침이자 수행인 것이다. 그래서 시자생활 중에는 세상의 책을 멀리하라고 주의를 받는다. 법정스님도 세상의 책을 읽다가 혼이 났다.《소설 무소유》에 나오는 장면이다.

효봉스님은 법정이 행자생활을 할 때보다 더 엄했다. 하루는 구례 장터에서 서점에 들렀다가 호손의《주홍글씨》를 한 권 사서 탑전으로 돌아와 밤 9시 넘은 취침시간에 고방으로 들어가 호롱불 밑에서 읽다가 큰스님에게 들켰다.

"세속에 미련을 두고 그런 걸 보면 출가가 안 되느니라. 당장 태워버려라."

법정은 바로 부엌으로 들어가 태워버렸다. 좀 아깝다는 생각이 들었지만 책이 아궁이 속에서 활활 타고 있는 것을 본 순간 예전에 책으로 인해 엎치락뒤치락하게 했던 번뇌마저 타버리는 것 같은 느낌이 들었다.

스님께서 또 하나 더 내게 말씀하신 것 중에는 당신이 시간을 지키지 못해 효봉스님으로부터 경책을 받은 얘기다. 화개장터로 장을 보러 갔다가 이것저것 구경하는 바람에 점심공양 시간을 조금 넘긴 적이 있는데, 효봉스님이 크게 실망하시어 이렇게 말씀하셨다는 것이다.

"오늘 점심공양은 짓지 마라. 오늘은 단식이다. 나도 굶고 너도 굶자. 공부하는 풋중이 시간을 지킬 줄 몰라서야 되겠느냐!"

쌍계사 가는 길의 화개골 차밭

그 밖에도 효봉스님은 걸레를 짤 때도 걸레가 찢어지니 꽉 짜지 말 것, 비누도 조각이 완전히 다 녹아 없어질 때까지 쓸 것 등을 손수 시범을 보이며 가르쳤다. 이러한 스승의 무소유 정신을 닮는 것이 시자로서는 진정한 수행이었다.

금당 편액 좌우에 '세계일화 조종육엽(世界一花 祖宗六葉)'과 '육조정상탑(六祖頂相塔)'이란 추사 김정희 글씨가 걸려 있다. 금당으로 들어가 참배를 한다. 금당 안에는 불상 대신 석탑이 봉안돼 있다. 석탑 안에 선불교를 완성한 중국의 육조 혜능대사의 정상(頂相. 머리)이 실제로는 봉안돼 있지 않지만 삼신산 산자락에 모셔져 있다고 한다. 탑전이란 금당의 석탑을 지키는 전각이라는 뜻이다.

금당을 지키는 보살에게 석탑의 내력을 물어보니 스님이 잘 아신다고 대답을 사양한다. 육조 머리의 봉안이 사실이든 아니든 간에 효봉스님이 금당 옆에서 정진하고자, 사미 법정을 데리고 온 까닭은 혜능대사 가풍의 후예라는 자부심 때문이었을 것이다.

대요스님이 먼저 엎드려 참배하고 뒤이어 나도 마룻바닥에 무릎을 꿇는다. 절하는 것을 두고 우상을 섬기는 행위라고 하는 이들에게 할 말이 있다. 지금 내가 하는 절은 나의 허망한 그림자를 지우고 없애는 행위이지 우상에게 나를 구원해달라고 비는 의식이 아니라는 점이다. 저 석탑이 어떻게 나를 구원할 수 있겠는가. 만약 그렇게 믿는 이들이 있다면 당장 정신과 치료부터 받아야 할 것이다.

석탑은 촛대와 조화들로 장식돼 있다. 그러나 눈부신 것은 열려진

문으로 들어와 석탑 밑에 고요하게 누운 햇살자락이다. 금당을 나와 뒤편 산자락으로 올라가 보니 지리산의 한 봉우리인 삼신산이 장엄하다. 푸른 것은 침엽수요, 붉고 노란 것은 활엽수다. 법정스님도 침엽수와 활엽수가 두 손을 모으고 서 있는 삼신산의 무정설법(無情說法)에 눈과 귀를 맑게 하셨을 것 같다.

진정한 도반은 내 영혼의 얼굴이다

금당 좌우로 작은 요사가 한 채씩 있다. 왼쪽 요사가 동방장(東方丈)이고, 오른쪽 요사가 서방장(西方丈)이다. 현재는 선방으로 사용하고 있는데 법정스님이 시자생활을 했던 건물은 아닌 것 같다. 그때는 금당 옆에 큰방과 고방, 그리고 부엌이 딸린 요사가 한 채뿐이었고 탑전이라 불렸다.

그 무렵 시자생활을 하던 법정스님은 출가해서 입적 때까지 단 한 사람의 유일무이한 도반(道伴)을 만난다. 스님은 그 '진리의 짝'을 회상하실 때면 다소 감상적인 목소리로 말씀하셨다. 대나무 마디처럼 차갑고 단단하게만 느껴지는 법정스님을 그 벗이 울렸다고 하니 귀를 기울이지 않을 수 없었다.

"출가해서 처음이었다니까. 열이 나고 오한이 들어 며칠 끙끙 앓아 누웠어요. 그런데 같이 겨울을 났던 스님이 팔십 리 구례읍까지 걸어

가서 한약을 구해 와 달인 뒤에 마시라고 내밀더라니까. 밤중이었어요. 약사발을 보니 눈물이 나오더라고."

스님은 지난 얘기를 할 때마다 대체로 거두절미하고 불쑥 꺼내시곤 했다. 그러니 앞뒤 사연은 스님의 글을 통해서 짐작해야 했다. 스님은 이 일을 두고 '진정한 도반은 내 영혼의 얼굴이다'라고 하셨다. 말 한마디 없어도 영혼의 대화를 할 수 있는 그런 벗이 도반이라는 것이다.

아파서 누운 법정스님은 옆의 동료에게 약을 부탁하지 못했다. 미안하기도 했지만 누구에게 의지하지 않는 것이 수행자가 살아가는 방식이자 문법이기 때문이었다. 땅에서 쓰러진 자 땅을 짚고 일어나라는 것이 옛 스승의 가풍이었다.

그런데 도반이란 영혼의 메아리이자 분신처럼 행동해주는 이를 말한다. 그래서 도반은 동료가 앓을 때 함께 앓아주기를 마다하지 않는다. 자기 몸이 아픈 것처럼 아파했기에 팔십 리 섬진강 겨울 강바람을 맞으며 경상도 하동 쌍계사에서 전라도 구례까지 달려가 약을 구해 올 수밖에 없었던 것이다. 도반이란 지연이나 학연, 혹은 긴 시간이 만들어주는 것이 아니다. 함께 사는 동안 알게 모르게 서로의 영혼이 깃든다. 법정스님도 그 도반 스님과 보낸 시간은 겨울 한철뿐이었지만 서로의 영혼이 깃들 수 있는 둥지가 되었던 것이다.

효봉스님이 없는 그 겨울을 나는 동안 법정스님은 하루 한 끼 공양을 짓는 공양주를, 그 도반은 국을 끓이고 반찬을 만드는 소임을 보았다. 청소는 법정스님이 금당과 정랑을, 그 도반이 큰 방과 부엌을 맡았다. 그 밖의 일은 자기가 없다고 여기면서 정진했기에 서로의 의견을 따르기만 할 뿐 단 한 번도 불협화음이 나지 않았다. 두 사람은 약속이나 한 것처럼 동안거 중에 깨달음을 이루어 부처가 되겠다는 거창한 꿈은 꾸지 않았다. 하루하루 소임을 짠 그대로 사는 것이 감사하고 고마울 뿐이었다. 풋풋한 그들에게 단 하나 꿈이 있다면 안거를 무사히 마치고 나서 학창시절에 기말고사 끝나는 날 영화 한 편 보듯 삼보사찰인 통도사, 해인사, 송광사를 차례로 순례해보는 것이었다.

그런데 동안거 해제 전날 법정스님은 지독한 독감에 걸리고 말았다. 해제 전날 찬바람을 쐬며 밀린 빨래를 하고 찬물에 목욕을 한 것이 원인이었다. 도반은 해제를 했는데도 떠나지 못하고 며칠 동안 미음을 쑤고 법정스님의 머리맡에 앉아서 간병을 했다. 그래도 차도가 없자 구례읍까지 걸어가 탁발하여 한약을 구해 왔다.

그때 법정스님은 한약을 마신 것이 아니라 도반의 곡진한 정성을 마셨던 것이 아닐까. 그러고 보니 최고의 명약이란 진실한 마음을 담은 정성이 아닐까 싶다. 스님은 다음 날 가뿐하게 일어나 기운을 차리고 탑전을 떠났으니 말이다.

탑전에서 내려와 대웅전으로 오른다. 2층 누각인 팔영루(八泳樓)를 돌아가는 중에 대요스님이 불구점(佛具店)을 들르자고 한다. 바람으

법정스님이 시자생활 때 날마다 참배했던 쌍계사 금당

로 소리를 내는 풍경을 하나 사고 싶다고 한다. 스님이 지은 토굴 처마에 달고 싶으신 모양이다.

누각 이름이 팔영루인 것은 쌍계사를 창건한 진감 혜소스님이 섬진강의 물고기가 노니는 모습을 보고 영감을 받아 팔음률(八音律)의 소리를 가지고 범패를 만든 데서 착안했다고 한다. 풍경에도 물고기 모양의 금속판이 있는데, 어떤 바람에 팔음률의 범패 가락을 내는지 궁금하다.

신라시대에 살았던 진감선사는 익산 출신이다. 익산은 들판과 바다가 있어 농부와 어부가 사는 땅이었다. 진감선사의 속가 식구들은 고기를 잡아 파는 생선 장수였다. 출가 전 진감선사도 뱃노래를 부르며 노를 저을 줄 알았고 고기를 잡았던 것 같다. 햇볕에 얼굴이 타 검었던 모양인데, 출가 뒤 스님의 별명이 흑두타(黑頭陀)였던 것이다.

바닷가 바람을 맞으며 성장한 점은 법정스님과 흡사하다. 법정스님도 해남의 바닷가인 우수영에서 태어나 초등학교를 다녔고, 중학교 이후에는 목포에서 학창시절을 보냈으니까. 쌍계사의 한 스님이 대요스님을 보고 합장한다.

"무염거사님, 쌍계사 포교국장스님입니다."

"포교국장입니다."

산에서 내려오는지 등산용 지팡이를 쥐고 있다. 포교국장스님이 눈앞에 보이는 진감 혜소스님의 탑비에 대한 내력을 설명해준다. 탑비의 글은 고운 최치원이 지었다고 한다. 법정스님도 비문을 보고 공감한 바가 적지 않았을 터이다.

진감선사의 법호는 혜소, 스님은 금마(金馬, 익산) 출신으로 신라 혜공왕 10년(774)에 태어나 생선 장사를 하며 빈한한 가정을 돌보다가 부모가 돌아가신 후 "어찌 매달려 있는 박처럼 나이 들도록 지나온 자취에만 머물러 있겠는가."라고 생각하고는 도(道)를 구하러 나섰다. 애장왕 5년(804) 세공사(歲貢使) 선단에 노 젓는 노잡이가 되어 당나라로 건너가 마조선사의 선맥을 이은 신감(神鑑)선사의 제자가 됐다.

선사는 헌덕왕 2년(810)에 숭산 소림사로 들어가 도의(道義)선사를 만나 함께 수행하다가 도의선사가 먼저 귀국하자 종남산으로 들어가 3년간 선정을 닦았다. 이후 자각(紫閣) 네거리로 나와 짚신을 삼아 오가는 사람들에게 3년 동안 보시한 후 귀국했다. 이때가 흥덕왕 5년(830)인데 선사는 상주 장백사(長栢寺, 남장사)에 머물렀다가 화개곡으로 들어와 쌍계사의 전신인 옥천사를 창건했다.

세공사란 당나라로 가는 견당사(遣唐使) 중에서 조공하러 가는 사신들을 말하는데, 구법승들은 견당사가 탄 배를 이용했다. 그런데 대부분의 신라 구법승들은 왕자나 고관의 자제들이었으므로 쉽게 배를 얻어 탔지만 진감선사처럼 신분이 일천한 구법승들은 그러지 못했다. 신분이 낮았던 진감선사는 노 젓는 노잡이를 자원하여 천신만고 끝에 중국으로 건너갈 수 있었던 것이다.

비문에는 스님의 인품을 나타내는 구절도 있다. 시자생활을 하던 중 법정스님이 감동했을 만한 구절이 아닐 수 없다.

진감선사의 성품은 꾸밈이 없고 말 또한 꾸며 하지 않았으며 옷은 삼베라도 따뜻하게 여겼고, 음식은 겨와 싸라기라도 달게 여겼다. 도토리와 콩이 섞인 밥에 채소 반찬은 항상 두 가지를 넘지 않았다. 중국차를 마시는 사람이 있으면 돌솥에 섶으로 불을 지펴 가루로 만들지 않고 끓이면서 "나는 이것이 무슨 맛인지 알지 못하겠다. 뱃속을 적실뿐이다."라고 했다. 진(眞)을 지키고 속(俗)을 거스르는 것이 모두 이러했다.

차를 마시되 맛에 탐닉하여 시비하지 않고, 다만 뱃속을 적셨다는 선사의 소박한 성품을 보여주고 있는데, 지나치게 맛에 집착하는 오늘날의 차인들이 새겨들어야 할 내용이 아닐까 싶다.

포교국장스님이 차를 대접하겠다며 소임자가 사용하는 요사로 안내한다. 요사로 가면서 대웅전 왼쪽에 있는 첨성각을 설명한다.

"요즘에는 보기 힘들어졌지만 예전에는 대웅전 옆에 많던 전각입니다. 부전스님이나 노전스님이 상주하면서 밤중에 별자리를 보고 시간을 알았다고 해서 첨성각이란 이름이 붙은 것 같습니다."

포교국장스님이 강원에서 학인들을 가르치는 중강(中講)스님 방으로 들어가 차를 부탁한다. 그러자 중강스님이 발효차를 뜨거운 찻물

쌍계사 금당 부처님에게 꽃공양 하듯 피어난 산수유꽃

에 우리어 따른다. 찻잔 속을 물들인 찻물 빛깔이 달빛처럼 곱다. 쌍계사 탑전을 들렀다가 가을 햇볕이 양명한 한낮에 그윽한 달빛을 마시는 느낌이다.

무소유 삶의
오대산 쯔데기골 수류산방

웬 중인고, 내가 많이 늙어버렸네!

법정스님께서 마지막 사신 곳은 강원도 오대산 쯔데기골 오두막인 수류산방이었다. 스님이 1992년에 불일암 생활을 접고 강원도 오두막으로 거처를 막 옮기셨을 때 나는 스님으로부터 이런 당부를 들은 적이 있다. 스님의 건강이 걱정스러워 휴대폰을 하나 사드리겠다고 제안하자 스님께서는 이렇게 말씀하셨다.

"휴대폰이 있으면 강원도 오두막에 있는 것이나 서울에 있는 것이나 다름없어요. 그리고 찾아오지 마시오. 그곳이 밝혀진다면 더 깊은 산골로 들어갈 것이오."

내게 하신 말씀을 월간 〈샘터〉지에 글로 선언하시기까지 했다. 그 뒤 몇 년이 흐르자 누군가가 다녀왔다는 소식이 들렸다. 다시 10여 년 뒤 스님께서 병이 깊어졌을 때는 상좌스님과 한의사가 자주 드나

든다는 소식과 직접 다녀온 지인이 스님의 안부를 전해주었다. 그러나 나는 그때까지도 우직하게 오대산 쓰데기골로 갈 마음을 내지 않았다. 해인사 장경각 법보전의 주련을 떠올릴 뿐이었다.

부처님 계신 곳 어디인가.
지금 그대가 서 있는 그 자리!
圓覺道場何處 現今生死卽是

실제로 스님은 자주 만나는 사람보다 멀리 떨어져 있지만 자기 세계를 일구며 스스로의 질서를 흩트리지 않고 사는 사람을 더 신뢰했다. 스님은 당신의 글이나 그림자를 좇는 것보다 당신을 극복하라는 말씀도, 임제선사의 '부처도 죽이고 조사도 죽이라[殺佛殺祖]'는 법어를 예로 들며 가끔 하셨다. 자기만의 개성을 꽃 피울 것과 누구도 닮지 않는 자주성(自主性)을 강조하셨던 것이다. 해인사 장경각 법보전의 주련을 스님의 재가제자로서 내 식대로 바꾸어보자면 이렇다.

법정스님 계신 곳 어디인가.
지금 그대가 서 있는 그 자리!

최근에 〈강원일보〉에서 본 기사가 자꾸 떠오른다. 무슨 인연인지 스님께서 사셨던 오대산 쓰데기골 오두막을 취재한 기사를 보았던 것이다. 복사해둔 기사 중에서 새로운 사실을 알게 해준 일부 기사만 옮겨본다.

스님의 거처 앞 철문에는 무단침입과 촬영을 경고하는 경고판이 세워져 있고 문 위에는 외부인의 출입을 감시하기 위한 무인 카메라가 설치돼 있었다. 일부 방문객이 닫힌 철문을 타넘어 오두막 안을 살펴보는 등 몰지각한 행동을 해 지난해 오두막 주인이 설치해놓은 것이다.

기사를 볼 때 오두막은 원래 주인이 따로 있는데 스님께서 잠시 빌려 사셨던 것 같다. 주인이 스님께서 가시고 난 뒤 관리인을 두고 철문과 무인 카메라를 설치할 정도라면 시골 농부는 아닌 것 같다. 개인의 사생활 침해를 민감하게 반응하는 도시인으로 보이는데 어디까지나 사유재산이므로 그럴 수도 있다고 본다. 그러니 스님께서 17년 동안 머물렀던 성지라는 개념으로 찾아가는 순례자와 사생활 보호를 내세우는 주인 간에 갈등도 있었겠구나 싶다.

나는 지인들에게 방문하지 말 것을 권유하는 편이다. 주인이 싫다는데 불청객으로 찾아가 기웃거리는 것도 볼썽사나운 일이다. 굳이 쓰데기골 오두막을 보고 싶다면 불일암으로 가라고 설득하고 싶다. 사실 수행자로서 법정스님의 원숙기는 불일암 시절이라고 다들 평가하고 있다. 쓰데기골 오두막은 원래 주인이 지은 집이지만, 불일암 위

법정스님이 입적하시기 전까지 살았던 오대산 쯔데기골 오두막(수류산방)

채나 아래채, 돌계단이나 채마밭, 우물, 후박나무와 태산목 등은 스님의 손길이 닿아 체온이 아직도 남아 있는 유산들인 것이다. 그래서 나는 누군가가 "법정스님은 어떤 분인가"라고 묻자 "법정스님은 불일암이다."라고 대답한 적도 있다.

나는 오두막인 수류산방을 가보지는 않았지만 현장스님에게 여러 번 이야기를 들어 어떤 풍경인지는 대충 짐작하고 있다. 수류산방은 양철지붕에 봉당이 있는 오두막이라고 한다. 버리고 떠나기로 무소유 삶을 지향하신 스님의 성정에는 딱 계합됐을 터이다.

송영방 화백님이 상상력으로 〈법정대선사 은거도(法頂大禪師 隱居圖)〉를 그려 와 스님께 보여드렸을 때 스님이 놀랐던 일도 기억하고 있다.

"어! 똑같네. 양철지붕 오두막 오른쪽으로 개울물이 흐르는데 어찌 알았습니까?"

〈법정대선사 은거도〉는 내가 간직하는 정복(淨福)을 누리고 있다. 나는 송 화백님의 그림만 보고도 늘 오두막에 다녀온 것이나 다름없다고 생각한다. 어쩌면 실재하는 쓰레기골 오두막보다 노화백의 절절한 마음이 밴 심상(心象)의 그림이 더 많은 것을 보여주고 있는지도 모른다. 스님께서 길상사 행지실에 앉아 송 화백님의 그림을 보고서 미소를 지으시던 모습이 생생하다.

송 화백님의 그림에 얽힌 또 하나가 있다. 송 화백님이 스님의 얼굴을 한 장 그려 보여드렸는데 스님께서 놀라시던 표정이 잊히지 않는다.

법정스님이 상좌스님들이 오면 머물던 일월암

법정스님이 혼자 사용하시던 선방 같은 정랑(변소)

"이게 누구여. 웬 늙은 중인고. 내가 많이 늙어버렸네!"

스님께서도 당신 나이 드실 줄 모르고 풋풋한 젊은 수행자 시절의 추억에 사로잡혀 있었던 것은 아닌지 궁금했다. 스님을 그린 초상화도 내가 간직하고 있다. 그러니 스님이 내 곁에 계신 것이나 다름없다고나 할까.

나는 올해도 해바라기 씨앗을 산방 주위에 군데군데 심을 생각이다. 쓰데기골 오두막 뜰에서 자라던 해바라기 씨앗으로 스님께서 내 산방에 심으라고 주셨다. 해바라기 고향은 네덜란드다. 스님께서 파리 길상사를 가셨을 때 네덜란드 암스테르담까지 올라가 고흐미술관 매점에서 사 온 해바라기 씨앗이라고 말씀하셨다. 유난히 달을 좋아하셨던 스님께서 태양의 화가인 고흐가 즐겨 그렸던 해바라기 씨앗을 구해 와 쓰데기골 오두막 뜰에 뿌린 것은 무척 이채로운 일이 아닐 수 없다.

스님은 개울물이 두껍게 얼기 전에 오두막에서 내려와 옹달샘이 있는 터에 흙집을 지어 일월암이라는 편액을 달았다. 스님은 병을 치료하기 위해 오는 한의사나 약시봉을 하는 상좌스님을 일월암에서 맞이했다.

현재 오두막 수류산방이나 일월암에는 스님과 관련된 유품은 단 한 점도 없다고 한다. 스님의 유품 중에서 보고 싶은 것이 하나 있다. 미국에 살았던 여동생의 딸이 열두 살 때 그린 불일암의 '빠삐용 의자'다. 스님께서 보시자마자 감탄하셨던 그림이다.

누구에게나 인생을 낭비한 죄를 묻는 불일암 빠삐용 의자

"허허. 열두 살 아이가 그렸다는 말이군!"

나는 빠삐용 의자 그림이 사람들에게 공개되기를 바랐는데 다행히 지금은 길상사 행지실 스님의 유물을 전시하는 방에 있다. 당시 어린아이의 천진한 정성을 생각해서라도 여러 사람들이 감상했으면 좋겠다.

송 화백님의 〈법정대선사 은거도〉는 언제 보아도 꽃 피고 물이 흐른다. 가만히 보고 있자니 내 마음에도 은거도의 풍경과 같이 꽃 피고 물이 흐르는 것 같다. 추사 김정희는 한 잔도 아닌 반 잔의 차향과 맛으로도 마음속에서 수류화개(水流花開)를 경험했다지만 오늘 나는 그림 한 점으로 미묘한 기쁨을 누리고 있다. 순간적이나마 내 마음이 선경(仙境)이고 극락이다. 오늘은 그림 한 점이 내게 법문을 한다.

무소유가 지향하는 것은 나눔의 세상이다
나눔은 자비와 사랑의 구체적인 표현이다
자비와 사랑은 인간으로 돌아가는 길이다

그림 정윤경

경원대학교 조소과 졸업. 영국 킹스턴대학교 대학원에서 일러스트레이션을 전공했다. 《법정스님 인생응원가》, 《법정스님의 뒷모습》, 《길 끝나는 곳에 길이 있다》의 삽화를 그렸고, 그림동화 《마음을 담는 그릇》, 《바보 동자》 등을 냈다. 현재 제주도 해녀를 소재로 한 그림동화를 작업 중이다.

사진 유동영

중앙대학교 사진학과 졸업. 우리의 전통문화를 발로 찾아다니며 《책 한 권으로도 모자랄 여자 이야기》라는 책을 엮었으며, 이후 소설가 정찬주를 만나 그의 책에 사진 작업을 해왔다. 그의 《선방 가는 길》을 시작으로 《정찬주의 다인기행》, 《불국기행》, 《소설 무소유》 등 여러 책에 사진을 실었다.

행복한
무소유

초판 1쇄 발행 2021년 03월 01일
초판 2쇄 발행 2021년 04월 06일

지은이	정찬주
펴낸이	최윤하
펴낸곳	정민미디어
주소	(151-834) 서울시 관악구 행운동 1666-45, F
전화	02-888-0991
팩스	02-871-0995
이메일	pceo@daum.net
홈페이지	www.hyuneum.comt
그린이	정윤경
사진	유동영
편집	남은영
본문	디자인 [연:우]
표지	강희연

ⓒ 글 정찬주, 그림 정윤경, 사진 유동영

ISBN 979-11-86276-98-3 (03810)